LOCUS

LOCUS

LOCUS

寫給
一路給胖臉兒拍拍
也不忘拍拍我的人

謝謝秀玫和嚴厲的西西佛斯。

Catch 185
那些胖臉兒教我的事 李瑾倫／文‧圖 責任編輯／繆沛倫 特約編輯／王安之 胖臉兒紙玩具設計／72Style Design
Studio 美術設計／李瑾倫工作室 法律顧問／全理法律事務所董安丹律師 出版者／大塊文化出版股份有限公司
台北市105南京東路四段25號11樓 www.locuspublishing.com e-mail：locus@locuspublishing.com

讀者服務專線：0800-006689 TEL：(02)87123898 FAX：(02)87123897 郵撥帳號：18955675 戶名／大塊文化出
版股份有限公司 總經銷／大和書報圖書股份有限公司 地址／新北市新莊區五工五路二號 TEL：(02)89902588
FAX：(02)22901658 初版一刷：2012年4月 初版二刷：2012年4月

定價：新台幣280元 ISBN 978-986-213-329-3 Printed in Taiwan 版權所有翻印必究

如果不翻開那些從沒好好歸類整理的檔案夾，我都忘記曾經畫過這樣的圖畫了。那時，畫完一張圖感覺做了好多好多事，馬上就休息兩天。

經常心裡這樣盤算：一張小圖稿費 500 元，一個下午畫完一張 × 30 天 = 一個月收入外快 15000 元。

我從來沒做到過。

憧憬做繪本，曾經試了畫這樣的。用盡力氣留意光影、構圖和細節，要帶有大師作品的氛圍。畫這樣的圖以前，要對畫面做好多好充分的想像，翻過讀過一本又一本日本繪本插畫。
畫完這一張，左右端詳，當過一回報紙插圖就收進箱子底。這到底不是我。

畫完前面的，再蛻變為眼前的新風格。每樣物件都精心設計，色彩、點點、歡樂的小孩；當然大師作品的氣質不可少。

畫完，感覺也不實在。這也不是我。

把畫插畫當做一件「像樣的工作」這樁事，我沒做好過。做的僅只是不管畫快畫慢，我都一直或多或少持續畫著。

有時候，我會給自己到目前為止的插畫做出「沒有白畫過」的結論。這句話真正的意思是：我畫的每張圖都領過稿費。我應該是有點畫畫的好運氣。

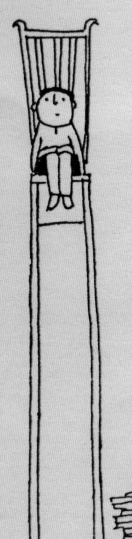

對於接插畫，我總是想：「真好，練習畫不用繳學費，還有錢可領。」好像一直在「社會插畫大學」裡進修。

前三年當真的做了工作室，才理解：「沒有一個專家或是專業，不是累積十年的。」這句朋友跟我說的話。我不是專家，勉強稱為專業，面對商業市場，又開始使用自己過去十年、二十年累積的好運氣。

二十八歲買第一部麥金塔電腦，接了許多編排設計工作，只為「把自己丟到實戰戰場上，一邊闖，一邊學打仗技巧」。

那時的我時不時算計工作與報酬之間「我的收穫」，告訴自己這樣很值得。

一眨眼兩個十年，桌上是第五部電腦。仍照自己的步調，「把自己丟到實戰戰場上」。「做到可以做到最好的」是面對工作時，心裡鐵定的決心。

但總沒有真正能「做到最好」的工作。過程遠比結果重要；做完這件，我就繼續趕往下一件了。

報紙插畫 1995 不透明水彩

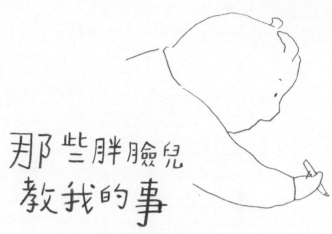

那些胖臉兒 教我的事

李瑾倫 創作 事件簿

目録

開場白

旅行路上，我喜歡幫爸爸買鴨舌帽，他是好帥的藝術家，一頂怎麼夠。我老是忘記他的頭圍，每次用猜的，有時準得神奇，有時候太大。爸爸會用他專家的眼光，告訴我戴起來怎麼樣。他的行頭其實不用別人費神，因為他是好會穿衣服的爸爸。

現在回台北家，都記得要和媽媽緊緊抱著五分鐘。見面要拍拍抱抱，回高雄家前也要拍拍抱抱，一定記著跟媽媽說：「你是世界上最可愛的那個啦。」媽媽哈哈哈笑。媽媽笑起來，溫柔裡帶著調皮，她會說：「瑾倫，記得要常跟神要，你要的祂都會給你！」我說好。但年歲加了又加，我要什麼都還是找媽媽，想禱告就打電話回家說：「媽，你可不可以幫我禱告？」

我的脾氣好固執，想做的就迫不及待往前衝，不想跟任何人講。因為不想聽別人反對，尤其是「專家」。

爸爸是我從小一路抗拒的「專家」，他總是最後一個才知道我在做什麼。但是我嚮往他的大世界，我會偷偷趁他不在拿他的畫筆用。爸爸的筆特別好用，用起來我也好像晉身專家。

我還悄悄拿爸爸的書，讀了覺得好，就放在自己房間。爸爸發現了說：「你拿我的東西都要放回去，知道嗎？這些都是我有用的。」但我皮皮不大願意照做，我想要有跟專家用的同樣的書。

日子走啊走，回過頭看，爸爸的筆和書我忽然都懂了。見我在端詳他的顏料，爸爸說：「你要哪一盒？我看看可不可以給你。」這次我不再是要趁爸爸不在去他畫室搜找的小孩了，我成了一直不願回頭、停住，只肯朝堅信方向走啊走，仍舊那個「固執自己的專家」。

我問：「這盒可以給我嗎？」

媽媽還是媽媽，她拉著我在廚房講：「你都跟爸爸拿沒關係，他現在沒在畫了。跟他要跟他要沒關係。」我只拿了我要的那盒。如果有一天我暫時停手不畫，我也不想我的書、畫具和顏料都消失不見。

爸爸工整的字寫在運送畫作的牛皮紙盒上。整理是我一直沒跟他學好的事。

前陣子買了細字彩色筆，是另一種媒材練習。

畫著畫著，一直想到爸爸。他也用過黑色簽字筆，畫完整張風景速寫毫不猶豫，我和姊姊都用比平常千倍甜美的討好說：「爸，這張圖以後給我啦。」

想著從父母身上得到好多好多。

以前我拒絕過父母和許多別人的好意，拒絕得冷漠毫不猶豫。因為我的頭上只有自己的那片天，太多的人都在眼皮底下。

幸好，那樣的階段過去了，那樣階段的心，其實過得好辛苦。

幼稚園我只上過幾天。

我不想去幼稚園，因為有兩個「人生最早發生的重大事件」：不停擔心「老師發餅乾會忘記我」和「下娃娃車遇到的男生，在前方對我說呦——你好胖！」（那男生還拉著他媽媽的手！）

這無法塗銷的人生大事件只有我自己清楚（五歲也可以很好強），我跟媽媽說：「因為老師給我碎餅乾。」（是真的，雖然不是主因）堅持不再去。媽媽很好，她很快就同意我不用去幼稚園。

很多人問，我最受歡迎的繪本《子兒，吐吐》為什麼選小豬當主角。

畫的時候「自己說服自己」的理由很多，其中一個是我媽媽屬豬。因為我很愛她，我要畫小豬。

我的自由都是她的溫柔給我的。

「哈哈哈！原來這也可以成為選角色的考慮啊！」（我猜很多人會這樣想）
藝術家創作時的思緒通常不想告訴別人（往往說出來會被發現根本沒什麼）。

胖臉兒要滿二十歲的現在，讓你發現一隻成名小豬的誕生，原來也沒什麼。

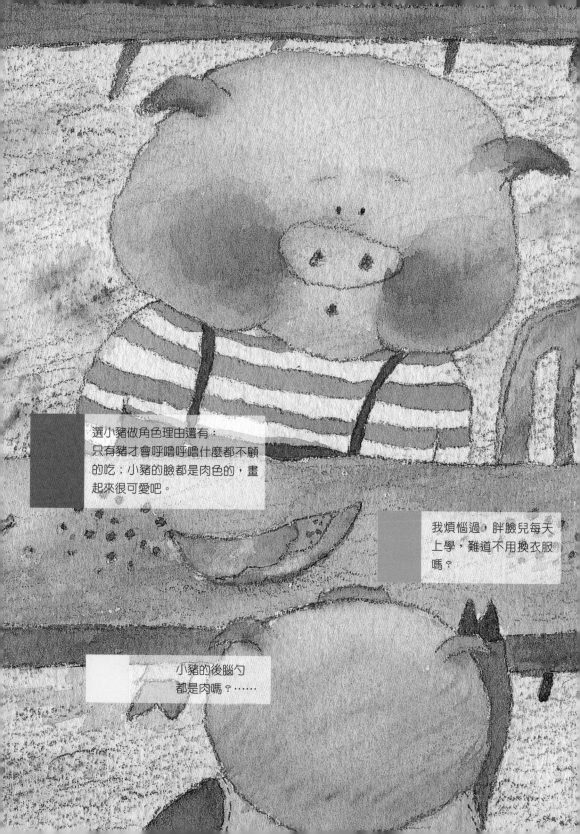

選小豬做角色理由還有：
只有豬才會呼嚕呼嚕什麼都不顧
的吃；小豬的臉都是肉色的，畫
起來很可愛吧。

我煩惱過，胖臉兒每天
上學，難道不用換衣服
嗎？

小豬的後腦勺
都是肉嗎？……

小時候被嚇唬，腦中立刻出現的畫面是：我頭上已經長出橘子樹。

長大後再想，這樣頂著一棵樹，應該頭會痛吧。

小時候我被哥哥嚇唬過，吃橘子的時候我吞下了橘子子，哥哥說：「哦，你完蛋了！明天你上學，全校只有你一個人的頭上會長橘子樹。」他一直說一直說，說得像真的一樣，我就哭了。

我讀台北市仁愛路上的幸安國小，上學的路是從小巷裡和其他小朋友有如小河一樣匯流到大馬路上。哪怕我很小，還是在意今天穿的襪子不好看，或是頭髮沒綁好，或是過馬路一定要走快一點，不然跟不上（我很慢）等等。那從巷子裡出來後的第一個照面，一定要好看啊。我並不想要頭頂一棵樹。

所有那一天的記憶，都縮影為一幅圖藏在心裡。一直到畫《子兒，吐吐》，才重新喚醒起來。

「你小時候在哪裡學過畫嗎？」有人問我這問題，我搖搖頭都說沒有。到最近幾年，我才想清楚，應該算有。我爸爸畫圖是專業，遇到不會畫的就跑去問爸爸。沒有兩小時畫完一張圖的課要上，我們亂畫亂想著自己的世界。

很少人知道，我的「繪本創始作」不是《子兒，吐吐》，是一本日本學習研究社出版叫做《賣梨人與不可思議的旅人》（なしうりとふしぎなたびびと）的日文繪本。然後是《驚喜》。
日本編輯寫信希望我「這些人的嘴巴都笑得開一點」（標記在草圖上），《驚喜》參加信誼幼兒文學獎只得佳作，這些不如預期的「不順利」打擊後，我想再為自己比賽一次。

思索著主題。

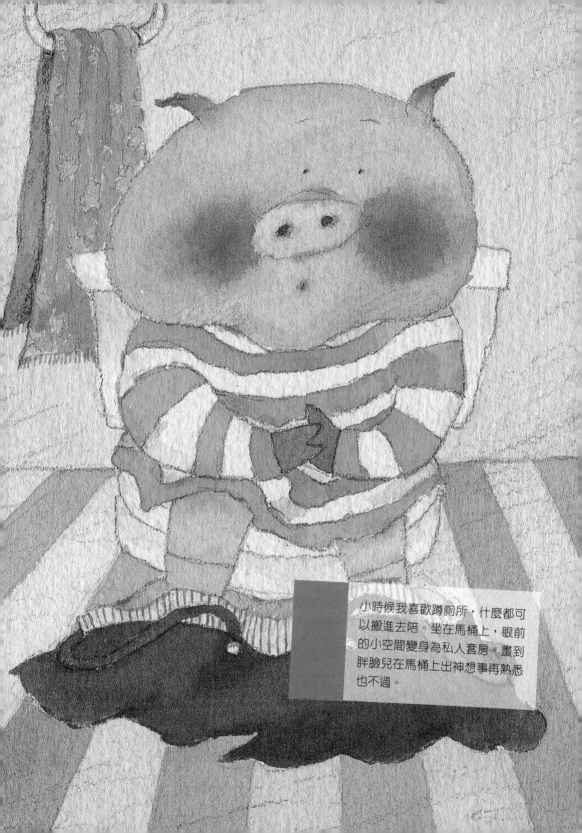

小時候我喜歡蹲廁所，什麼都可以搬進去陪。坐在馬桶上，眼前的小空間變身為私人套房。畫到胖臉兒在馬桶上出神想事再熟悉也不過。

那一天在姊姊家看電視，聽到遠遠的房間裡她和兒子說話，她說：「喔——你昨天吃奇異果了噢。你看！你的便便裡都是奇異果的子欸。」那樣尿布上有奇異果黑黑種子的畫面立即浮現我的腦中，小時候被哥哥嚇唬的傻事在同時醒了過來。

神奇的一刻，我告訴自己：「原來吃子不會頭上長樹啊！」為什麼從來沒人告訴我，不消化的子會隨便便排出來呢？
好，我要畫這個：吃‧子‧不‧會‧頭‧上‧長‧樹。
這件事好重要（不要再有人傻傻嚇哭）。

開始安排角色，寫下故事的第一句。

> *每一次不管胖臉兒站在哪裡，*
> *他都是第一隻被認出來的豬，*
> *因為，他的臉——胖得比誰都胖！*

畫紙好像舞台，要安排我的演員出場，必須有一個主角。主角一定要一亮相就人人看得到，不用多解釋。
該是誰？

那些關於大臉的綽號長大後早就釋懷，但是小時候時常傷心。

大人也會說小孩不想聽的，比如：「瑾倫，你的臉怎麼這樣胖胖？」

或是：「哎呀，我們這個大餅臉。」

瘦瘦的同學有一天說我是豬仔。我難過很久。

小孩不懂傷害，但是大人理解。所以我很留心不對任何小孩講關於外貌的「特徵」，尤其胖瘦。我都想，那不是看人的重點。

把胖臉兒用鉛筆畫在紙上的瞬間，我邊畫邊笑出來。

從小我的臉就又圓又大，而且應該很好捏，大人很喜歡跟我講話，邊捏我的臉一把。（難道他們不知道，小孩的臉也會痛嗎？）因為臉大，我不愛照相，總覺得自己看起來明顯得嚇人。有時候也會很傷心，為什麼我不是瓜子臉？（還偷偷想過，如果當初的爸爸、媽媽不是現在這兩個。）

就是畫這隻小豬的時候，讓我邊畫邊篤定了，「臉大也要抬頭挺胸站出去」（主角就是主角），邊畫邊咕噥：
「雖然臉大，但我就是胖臉兒。」
順便對自己說：雖然我臉大，但我就是我。

胖臉兒這隻小豬、這個角色，忽然就在一個新的開始，意外療癒了我的大臉心病。
這帖創作開的藥，至今不曾失效。

畫胖臉兒的時候我還在上班，當時台北市在蓋捷運，十五分鐘的公車車程要花上一個小時才到。白天上班沒有多餘時間創作，但是比賽截止日期是等在那裡的。為了有效利用時間和擠出更多空閒思考，我把擠在公車上的塞車時間當成創作的碼錶計時。

上公車前我會訂好目標頁，比如說，我會想「到 XX 站以前，我要想到第 X 頁」，或是「到 XX 站以前，我要想好 XXX 怎麼做」。於是上了公車，那些搖晃得讓人頭昏的塞都不再存在我的世界。我睜開眼睛看出去，只為了知道「離今天的終點」還有多遠。

故事剛開始，在腦中很輕易就翻頁。第一頁到第二頁，胖臉兒站在這裡說這個然後要到那裡說那個。接著這隻小豬說這個、那隻小豬想那個……隨頁數增加，翻頁的速度越變越慢。我一頁一頁在公車上專心構思，下車就趕緊回家畫，記得越清楚畫得越順利。我只要在公車上準備得越充足，回到家可以越快動筆畫下。

哭好難畫，發現邊畫自己也會邊擠出想哭的臉。一定要畫到那個哭點才算畫好。哭點就是「到底這是什麼程度的哭」的那個點。

那時間，我對上班同儕關係不是很適應（若我現在再去上班挑戰一次，應該表現得比較好）。

公司旁邊有家西餐廳，時間緊迫，開始要打稿在畫紙上的時候，我幾乎天天帶著「家當」到那裡報到。二樓沒什麼客人，後來只要我一去，服務生就會快快幫我送餐，看我打開鉛筆盒，他們就速速收走餐具，專心任我畫到午休結束。

畫啊畫，忽然公司的同事都進來我的故事裡。

道聽塗說的 A。

道聽塗說的 B。

道聽塗說的 C。

還有道聽塗說的 D。

還是有人會盡力幫忙我
……

公司同事四人代表。

我一定要超級堅強
才行！

邊畫心裡自言自語：

在還不確定未來人生風景的時候，面對現況，我不要喪氣失望或是失去信心。

我的未來有美好風景。我要堅持做自己相信的事。

就算頭上長樹，爸爸媽媽
也會幫我想辦法！

這個世界上不只同
事，我還有好朋友和
爸爸媽媽！

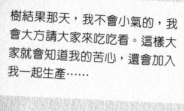

樹結果那天，我不會小氣的，我會大方請大家來吃吃看。這樣大家就會知道我的苦心，還會加入我一起生產……

為什麼選木瓜樹？當初著眼「木瓜很軟容易把子吞下去」、「木瓜樹樹形簡單，木瓜也看得很清楚」。

看！我的同事多歡樂！

所以我一定要加緊證明
長樹的美好。

萬一也有長不成的時候，那時該怎麼辦？

不要緊，樹沒長成這件事只有我
自己知道，別人不會關心的。

世界上還有許多事值得
期待……

哎呀，沒事了啦。
不長就不長，有什麼大
不了的呢？

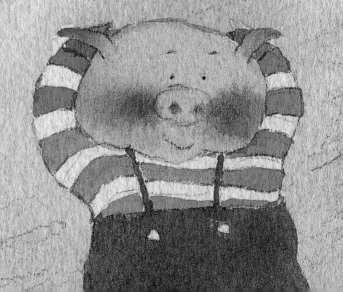

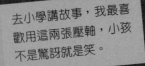

去小學講故事，我最喜歡用這兩張壓軸，小孩不是驚訝就是笑。

我問：這是誰？

「你！」小孩說。

畫完《子兒，吐吐》的時候，好像也替自己努力上完一階段人生的課。全身心陷在繪本製作的那半年，每天下班回家，第一件事就是在房門外掛上「工作中」吊牌，斜對房間的阿嬤不時好奇，這個一直很神祕的瑾倫不知道在做什麼。就是全部圖稿快要完成的那天，我忘記關房門，阿嬤終於有機會進房裡一窺究竟，一看發現牆上、桌上都是畫著許多小豬的畫，興奮得不得了，招呼那時在家裡所有其他人入內參觀。拿著咖啡回房，我已經被創作生涯裡第一批熱情粉絲稱讚包圍。

（我就說嘛，這世界上還有我的家人愛著我……）

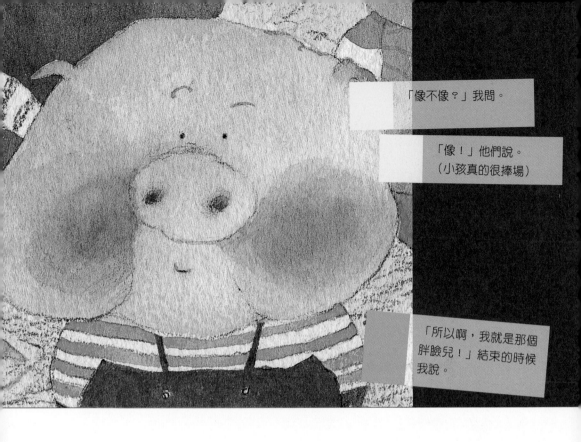

「像不像？」我問。

「像！」他們說。
（小孩真的很捧場）

「所以啊，我就是那個
胖臉兒！」結束的時候
我說。

比賽截止日當天，抱著整疊畫稿與做好的樣書，坐計程車送到信誼的辦公室。
抱著小豬坐在車裡的時候很捨不得，因為很用力地相處過，好像是自己的小孩，
怕出去會過不好。還有那段時間，在心裡我跟胖臉兒說最多話。
「出去沒過好，圖還是可以回來。」我對自己說。
「給別人養，說不定顧得更好啦。」我心裡又說。

p19-41 插圖出自《子兒，吐吐》李瑾倫圖文，信誼基金出版社出版

怪叔叔
騎腳踏車
過來了！

小學階段，我遇過幾個怪叔叔。

有幾個「症狀輕微」的他們，也只是有「暴露展示慾」，摩托車轟隆轟隆騎到小孩旁邊，小孩正奇怪納悶，這「暴露叔叔」就把放在前面遮蔽用的百貨公司提袋提起，示意小孩往下看。小孩（像我這種）一看……連「啊」也不敢叫，尷尬的匆匆轉頭快走（因為實在不知該怎麼辦）。暴露叔叔引擎一催，摩托車騎走，我相信他是去找下一個目標了。

另一種怪叔叔除了暴露狂還有表演慾。一條巷子不寬，偏偏小孩快走近的時候，他忽然就旁若無人對路中間撒起尿來。家附近老巷子蜿蜿蜒蜒很長一段，往前走往後退怎麼也不是，只好硬著頭皮往前。有次，是和姊姊一起遇到的，姊姊走前面我走後面，剛好身上都帶著雨傘，姊姊當機立斷下令：「把傘撐起來！」她一把撐起雨傘，用傘擋住望見「表演叔叔」的方向。我有樣學樣，兩姊妹一前一後平安通過那個表演禁區。

雖然家附近巷道整個就像迷宮，我卻愛在裡頭穿梭。從這條巷鑽到那條巷，再從那個巷回到原地。

媽媽常跟我說：「瑾倫，你放學直接回家，不要在巷子裡閒晃（我都會說沒有）。媽媽就曾經跟在你後面，你不要說沒有。媽媽看你摸著巷子慢慢走，牆壁很髒，也不要一直這樣摸牆壁。」我動作慢走路也慢，放學回家若是一個人，常常沿路手摸牆壁，牆壁凹凸，一路指頭在牆面上碰碰撞撞是我愛的小歷險。

小時候困擾我的小煩惱
有一個是：為什麼我沒
辦法第一眼辨認這是好
人還是壞人？

報紙專欄小刊頭 影印存稿翻拍
1994 0.1針筆

我常想「角色」這件事。
壞人的長相有特定嗎？
許多印象，我們是編劇
也是導演。

無目的練習圖
1999 黑色粉彩畫在
有色粉彩紙上

我真正遇到危險的怪叔叔有兩次，這種怪叔叔是「行動派」：一次在小學一年級，一次在四年級。

小一那次，是小姑姑叫我幫她買酸梅。酸梅在市場的麵包店裡有賣，去市場要先走出長長的巷子。走出巷子前，會先遇到另一條小巷。
我來到小巷口的時候，另一邊的盡頭來了個騎腳踏車的人。他騎到我身邊停下，和我搭訕（我不記得他說什麼），只記得說著說著他下了腳踏車，掀開車後的蒸籠，又掀開一層布（冒出蒸氣）問我：「小妹妹，你要不要吃包子？」他把蒸籠撐起給我看，記得裡面的包子都畫著紅點，我知道那是甜甜紅豆的。
有點誘惑人，但我搖頭不要。媽媽教過，陌生人給的東西不要吃。
我堅持不吃紅豆包的同時，事情不知怎麼發生：一個瞬間，叔叔說我好可愛，一把抱起我，用力親下我的臉頰（非常溼）再把我放下來。
我心跳得好快。我說：「叔叔，我要去買酸梅。」
叔叔放我下來。

一段路走得好像有鐵塊綁在腿上拖，心撲通撲通跳得好不舒服。想走快一點，卻怕被後面的叔叔發現「我發現他的壞主意了」。
直直往前走，不要回頭看、不要回頭看。
心裡很害怕，好不容易走到麵包店。進了店裡，站在蜜餞罐前猶豫著，偷瞄著外面。那叔叔也跟來了，牽著腳踏車，在外面等。

媽媽教過，遇到壞人，要想辦法進到任何一家店裡，跟大人求救。就跟店裡的叔叔、阿姨說：「叔叔（阿姨），外面有一個怪怪的人跟著我。你可不可以讓我待在這邊？你可不可以打電話給我媽媽？」媽媽說，每個大人都願意幫小孩的。小孩不一定要幫大人，因為小孩比較沒力氣也沒有辦法，大人還可以找大人幫忙。

我站在蜜餞罐子前，心裡反覆練習，因為太害羞，什麼話也說不出口。
時間一分一秒過，眼睛瞄著、瞄著，那個叔叔竟然不·見·了。
「趁那叔叔不在，現在趕快回去！」鼓起勇氣走出麵包店，用我「最快最不會被人發現我著急（或是引人注意）的速度」，趕快往回趕。

不得已又得走進家裡的巷子，唉呦！覺得怎麼走都不快。
沒人……接近那條小弄了……（瞄）（腳踏車！）（天！那叔叔又來了！）
我跑起來（有一種腳在原地轉的感覺），電鈴太高我奮力跳起來按電鈴！
快點開快點開啊！！

……就在我進門的瞬間，那個載著蒸籠的叔叔緩緩的、緩緩的騎著腳踏車過去了！
晚上媽媽回來，我告訴她這件事。記得媽媽說，陌生人的東西絕對不要吃之外，她還問我有沒有去洗臉？我說沒有，媽媽說快去洗。進了浴室，開水龍頭，我撥水拍一拍臉就算洗好了。

所有的大人，在我眼中都是好人。即使遇到怪叔叔，我還是對大人充滿信心。

大人＝好人。
小時候我是這麼想的。

兒童雜誌插圖
忘記年份
不透明水彩

到了四年級，我有了腳踏車，喜歡在巷子裡瞎騎。一天下午，騎啊騎遇到一個老伯伯（層級比叔叔高），他招手要我停下來，因為他「那邊有些電話號碼我看不清楚，你可不可以念給我聽？」

我說好。我要幫助老伯伯。

牽著腳踏車，跟著老伯伯，沿著巷子念了好多好多亂貼在牆上的電話數字，有時候是修理抽水馬桶，有時候是搬家公司。念著念著忽然心裡嘀咕：「怎麼都不拿筆記下來？」這樣想的時候，突然覺得眼前的「伯伯」怪怪的。我問他：「你怎麼不拿筆記下來？我有些都念過兩遍了。」他說：「好，好，今天沒帶筆。那邊那邊，那邊的你再幫我念完就好。」

我們來到一個公寓門半敞開的一樓，裡面也零零落落貼了一些「修理抽水馬桶」等等紅貼紙。他走進門說：「這個，你看看是幾號？」我很不情願的進去念給他聽，然後我說：「伯伯，已經很晚了，我媽媽在等我吃飯。」

公寓很是昏暗，他向裡走踏上往二樓平台，招手叫我上去。他說：「這邊這邊，念這最後一個就好了。」我過去，踏上幾階往二樓的方向看，心裡狐疑，又踏上兩階，決定不要上去。

小時候怪叔叔把我抱起來，但都鬆手放下了。

畫畫的時候，心裡卻一直想著：千萬不要被抱起來啊，一次都不可以！……

我說：「不好意思，伯伯，太晚了，我真的要回去了。」說完，我下樓梯往外走，那伯伯跑下來從後面忽然抱住我還抱起來（我又嚇了好一大跳）。就這麼剛巧，門外來了一個送信的郵差叔叔停下摩托車投信。我掙脫（或他鬆手？）跑到門外，站在郵差叔叔前，竟然心裡練習的句子偏偏說不出口。就在努力想該怎麼辦的時候，郵差投完信走了。

那伯伯走出來。

天色已經昏暗，我牽起腳踏車說：「伯伯，不好意思，我要回家了，媽媽在等我吃飯。」

伯伯穿著隱約透見內衣的白襯衫，襯衫口袋透出一疊鈔票的顏色，作勢要拿錢，

問我：「妹妹，你要不要零用錢？」

我說不要（媽媽說過，陌生人的錢不能拿），又說了幾次不好意思我真的要回家了我媽媽在等我吃飯伯伯再見等等，騎上腳踏車回家。

照例，吃飯的時候我跟媽媽報告這件事，媽媽應該是嚇壞了。

她跟我說，瑾倫，今天是你運氣好，以後遇到這情況，不用有禮貌，不用說不好意思就直接離開，知道嗎？大人就叫他找其他大人幫忙，只要一覺得怪怪的，就不要再跟那個人說話就對了。還有走路不要慢吞吞、不要閒晃、不要發呆、不要手摸牆壁走路。媽媽講這些，都是為你好。

安排胖臉兒和小領結在
《怪叔叔》書裡練習「快
走」，快到耳邊有風。

因為我想起那條「永遠走
不快」往麵包店的路。

長大以後，有天看到孩子被綁架撕票的電視新聞，回想遭遇怪叔叔的經驗，一直想：「到底有什麼是避開怪叔叔的好方法？」

但我也不確定知道，也許就是多一點點小心，再小心。

對於黑暗不理解那區塊的世界，再多一點點小心就好。

我希望真的能提醒到那些不像我有媽媽叮嚀的孩子。

p50-55 插圖出自《怪叔叔》李瑾倫圖文，信誼基金出版社出版

畫在影印紙上的故事分鏡圖
溫柔善良有錢的太太和國王 2000 彩色鉛筆

這裡的
每一隻狗
你都認識嗎?

我不是收留流浪動物的愛心媽媽，對流浪動物議題掌握得也不夠全面充分，幫助流浪動物的事，我參與得不多也不專精。有人邀我去狗收容場地看看，我從來不敢。遇見最多流浪狗與認識餵養、救助流浪貓狗的人，都是結婚後在我先生「大的」的動物醫院裡。

結婚以前，我跟「大的」去汐止山上出過一次診。

那是一個溫柔善良有錢太太的家，花園別墅，警衛與私家後山樣樣有。

一下車，二樓落地窗前一排汪汪叫歡迎客人的狗臉，讓我印象深刻。

高級名車旁邊堆的都是狗乾糧。

上二樓客廳，客廳裡都是最需要呵護的老狗、大病初癒的狗、要特別照料的狗、太小的狗、容易被欺負的狗、瘸腿的狗……。

溫柔善良有錢的太太手中還抱著她最疼愛的狗。是一隻約克夏，溫柔善良有錢的太太在寵物店花錢買的。那時候她還不知道養狗狗可以不用花錢，因此第一次也是最後一次。

她帶我們去看後面山坡上的狗，感覺像羊群一樣多，或更多。

我們帶了一些狗的零食雞肉乾，溫柔有錢的太太將雞肉乾的袋子打開，每隻狗都想吃。前面的狗用餵的，後方的狗狗則要用拋的。

家裡有專職管家和幾個專門的助手，她們會打理狗狗食物的進貨與醫療。

The Very kind Rich Lady and Her One Hundred Dogs

我問編輯 Lucy，把救助
流浪狗的情節放進來好
嗎？

畫在影印紙上的封面構思圖
1999 鉛筆

她臉上寫著遲疑，問我：
大家都是這樣在救流浪
狗的嗎？

這位太太養的狗狗不只家裡的，聽說另外有塊地還有，狗狗總數應該超過三百隻。她開名車在山路上餵狗，狗狗聽到她的引擎聲就紛紛出現，跟在車後跑……。

婚後搬到高雄，在「大的」動物醫院裡，我沒再見過這樣溫柔善良有錢的太太，而是辛苦的、用盡存款的、多病纏身的、衣衫將就仍不顧一切的愛心媽媽，帶愛狗來看醫生。我難過著她們沒辦法讓自己過好一點。

純種狗、混種狗、幼狗、老狗、傷狗、從收容所想辦法救出來的狗，形成一種無止境令人絕望的循環。救回來的狗，為了不再受傷害，很多都關在籠子裡或是拘管在有限的空地上。籠裡的狗狗安全了也絕望了。所謂「市民陳情捕捉」，收容所裡的狗絕望了，生命眼看也終止了。因為家裡多了新生兒，或是犯了忌諱，或是搬家，或是狗老了，或是任何會發生在人身上的原因，狗變成一枚沒地方容得下的尷尬毛茸茸。

種種又種種，讓我思考究竟問題在哪裡？
問題是：大部分的人還是花錢買狗。
問題是：大人還是帶著小孩在販售生命的籠外高興說著：噢，狗狗好可愛！
問題是：許多人丟棄動物，就像一張使用過的衛生紙。

追逐血統的繼續追逐、塞錢進荷包的繼續塞，受流浪動物煎熬心靈的繼續受煎熬。如果有一本書替他們和牠們發聲的機會，我可以做什麼？

繪本內容確定下來前，
我總是不停「丟東西」。
跟自己說，越簡單越好。

畫在插畫紙上的試色練習
1999 水溶性色鉛筆

想畫一本好好念出一百個狗名字的書，書裡唯一出現的人就是那個溫柔善良有錢的太太。

一百隻狗、一百個名字。再沒有什麼比和溫柔善良有錢的太太一起好好過一天、一起好好念完每一個名字更重要。

書做到分頁結構的段落，我時常跑去倫敦貝特西公園旁的狗狗中途之家看狗，在水泥建築物內踱步。兩側牆上掛有一個一個刻著狗名的金屬牌，都是由摯愛牠們的主人拿來放的。這些上天堂的狗狗都待過貝特西中途之家。

每隻狗都是獨特的，每隻狗都是最好的。

一天一隻、兩隻或三隻，我在紙上畫下一百隻狗的「定裝圖」。

畫在影印紙上的故事分鏡圖
2000 彩色鉛筆

Papa

國王

100 隻狗定裝圖 *國王*
1999 不透明水彩、水溶性色鉛筆

下筆之前，我沒想過這些狗狗「在哪裡」。但開始畫了，不知為什麼，隨著畫
下每根毛髮、四肢、耳朵到眼睛，牠們在我心裡活了起來，一隻一隻，我相信
牠們在世界上某處，活著。

Mrs.Fifi

100 隻狗定裝圖　小苓媽媽
1999 不透明水彩、水溶性色鉛筆

Mrs Fifi

Mrs. Fifi
and her
four babies
— — — —

eeeny

ééeny

meeeny

² meeeny

³ miney

4 mO

miney mo

Sofe 3888.059
KARISMA 946

One two three four
in French

89
90
.91
92

54

Mr. Samuel

100 隻狗定裝圖　大饅頭
1999 不透明水彩、水溶性色鉛筆

MR. SAMUEL

大饅頭

畫畫看：這樣的空間究
竟裝得下幾隻狗？

100 隻狗試色圖
1999 不透明水彩、水溶性色鉛筆

排排看：一百隻狗同時
列隊在山坡上，是怎樣
的比例？

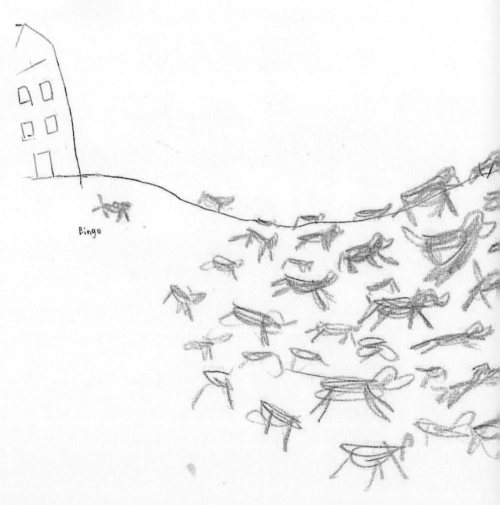

Bingo

畫在影印紙上的故事分鏡圖
2000 彩色鉛筆

一百隻狗在山坡上玩，
一隻都不能少。

畫在影印紙上的故事分鏡圖
2000 彩色鉛筆

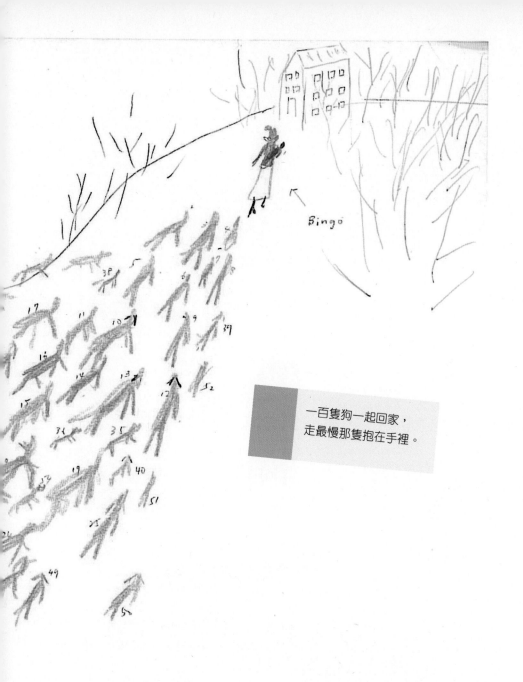

Bingo

一百隻狗一起回家，
走最慢那隻抱在手裡。

畫在影印紙上的故事分鏡圖
2000 彩色鉛筆

一百隻狗睡在一起，
臭兮兮也要在一起！

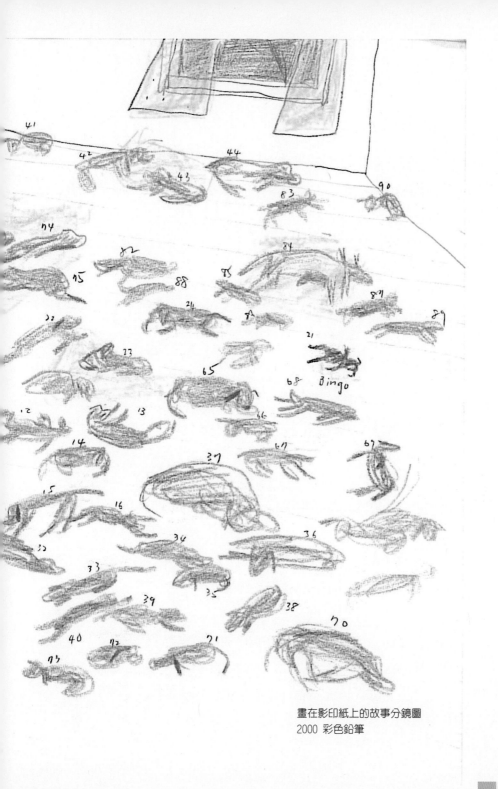

畫在影印紙上的故事分鏡圖
2000 彩色鉛筆

一位溫柔善良有錢的太太和她的一百隻狗，住在山上的一棟大房子裡。房子裡沒有家具、沒有其他人。這位太太每天在山坡上叫喚狗狗上山坡玩，再呼喊牠們回家一起睡覺。

一位溫柔善良有錢的太太和她的一百隻狗，住在山上的一棟大房子裡。這位太太只有一套衣服，但是她很快樂。

這位溫柔善良有錢的太太是住在真正的天堂裡吧？

每次朗讀這繪本給孩子聽，在中場呼喊名字的那段，總要盡量不吃螺絲，專注的把狗狗名字一個個喊完。

有時我得到如雷掌聲，有時我得到微笑，有時我得到一種意猶未盡的嘆息聲。

很專注的，我真誠希望這些名字和這些狗，會住進「以後可能忘記關心」這些生命的人的腦裡。

一個加拿大來台灣、想讓街上的狗狗有更好生活品質的英文老師，朗讀英文版的時候嚎咷大哭。

她知道現實像石頭一樣推不動，也得不到方法改善。我知道她的感覺。

我們都是錢有限、力量很小卻很想幫點什麼的溫柔善良太太。

國王、大饅頭、瑪麗、小芩媽媽、仔仔、妞妞、嘟嘟、圓圓、鐵蛋、冬粉、可可、小泡芙、柏拉圖、駱駝、ㄇㄧ ㄉㄨ ㄍㄨ、啦啦、布丁、小姐、大俠、夢露、掃把、粉圓、肉包、寶寶、美麗、披薩、星星、糖果、大雄、皮皮、娜娜、旺旺、小叮噹、411、星期二、蒜頭、巴哈、添財、憨憨、皺皮、燒餅、ㄅㄡ ㄖㄨㄟ ㄇㄧ、蟲子、

100 隻狗定裝圖　賓果
1999 不透明水彩

多多、扣子、椪柑、妹妹、菲菲、噗撲、滷肉、探戈、貢丸、恰恰、桃太郎、阿里、比利、土司、香香、狐狸、花生、來福、小卷、茉莉、微笑、ㄅㄡ ㄅㄡ、小花花、搖搖、小馬、小不點、灰毛、阿丹、胖皮、哈哈、寶貝、易科納唐、香腸、眼鏡、公主、蜘蛛、咖哩、雨果、芭比、露比、ㄇㄚˇ ㄐㄧˊ、貓王、乖乖、托拉庫、巧克力、黑輪、姊姊、鳳梨、喬弟、哈弟、奇弟、抓抓抓、賓果。

面對每天每天都有無法數清毛茸茸的孩子在收容所被像垃圾一樣處理掉，我們要做的是「以認養代替購買」、不要追逐名牌純種被標價的生命。
愛動物像呼吸一樣自然，要照顧生命終老，我希望。

攻擊

猶豫

平靜

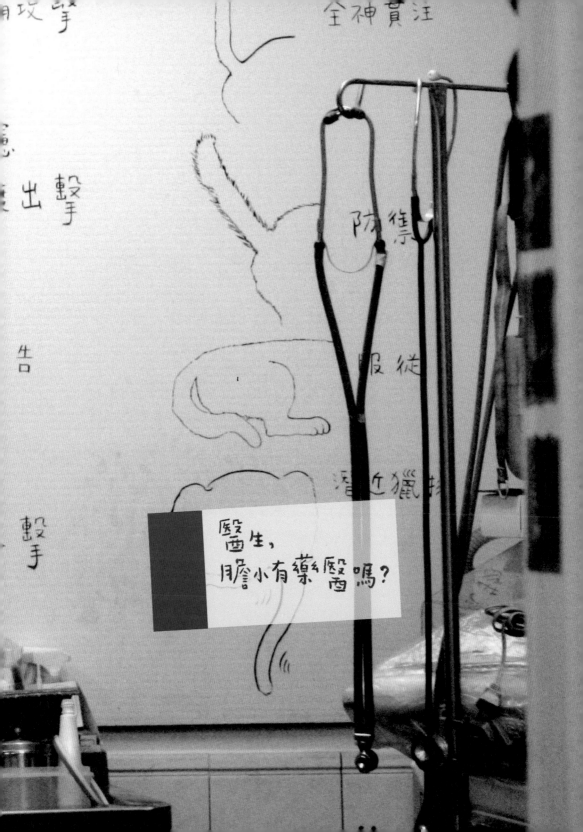

醫生，
膽小有藥醫嗎？

那個主人半開玩笑的在診療桌旁跟「大的」說：「醫生，膽小有藥醫嗎？」因為他的狗非常膽小，在他問話的當時，小黑狗正在桌上害怕發抖。

這場景轉變成小黑狗自己推門進來，害羞又怯懦的問醫生：「請問，膽小有藥醫嗎？」

到現在，我一直認為動物醫院是我待過最奇特的所在。
一個溫暖感動與現實殘酷充分混雜的地方；一個好人與壞人都會來的地方（對人我只有這種二分法）；隔一張椅子，哭與笑同時上演的地方。

一個動物醫院醫生全年無休，他收養的貓問他：「你喜歡當醫生嗎？」
住院、寄養與暫時收養的狗半夜因為一個動靜狂吠不停，醫生氣急敗壞下樓查看，開燈斥喝一聲，大家又安靜了。第二天，醫生接到鄰居打來的抗議電話。
車禍送來急救的狗因為癱瘓，主人希望安樂死，醫生偷偷救下來默默醫治。半年後狗雖然有點瘸著瘸著，但可以走了。醫生跑去告訴狗主人好消息，沒想到對方漠然回答他：「可是，我們不想養了。」
另一隻狗正住院醫治，差不多可以出院，主人進來劈頭就跟醫生說：「你可不可以幫我把牠丟掉？」眾目睽睽，他與他母親坐上計程車揚長而去，老狗在後面追趕，掉進水溝裡。

專欄「動物醫院三十九號」
2001 色鉛筆

一隻黑色的、
看不清哪裡是

鼻子眼睛的
小狗，瑟瑟扭扭
的站在門口，
吞吞吐吐的
問：「請問，
膽小有藥醫
嗎？」

也有好運氣好幸福的，有隻進了環保局收容車的狗，剛好經過動物醫院門口停下來。醫生替狗拍了照，沒想到主人第二天就趕忙尋來了。

走失兩年的狗在台北被找到，主人扮偵探想辦法領回，喜極而泣。

傻狗被牽羊，主人討不回，請來醫生作證。狗好興奮，冒牌主人踹狗一腳；又找警察一起，兩邊主人同喊狗的名字，看牠想往哪一邊跑。最後良心勸說，狗回到主人身邊。

有人走進「大的」的動物醫院，忽然狐疑的環視四周說：「咦，你這裡是三十九號嗎？」那天她剛看過早報，專欄畫的場景就是她眼前看到的。

那幾年，一邊創作一邊做「大的」助手，一棟透天厝樓上樓下是兩個世界。我這頭畫《溫柔善良有錢的太太》，接到電話：「下來幫忙！」

馬上擱下筆，迅速下樓。接手的也許是理毛洗澡、客人買狗乾糧、幫忙安撫動物、急救或是手術。

當動物醫院助手動作一定要快，「大的」會嚴厲的說：「你這樣不行。」他的口氣總是讓人傷心。後來發現，這個地方動作不快真的不行，每一個步驟環環相扣，一個慢就造成小動物的害怕竄逃或是打不到針、抽不到血。我在工作室想圖的時候可以悠哉，但是一到動物醫院，常是快走或是小跑步。

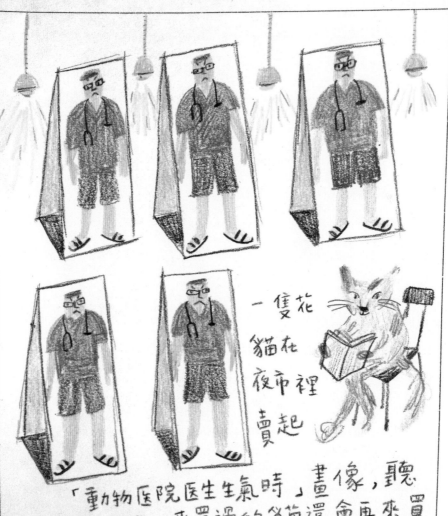

一隻花貓在夜市裡賣起

「動物医院医生生氣時」畫像，聽說反应不錯，來買過的貓還會再來買送給朋友。什么作用呢？說是擊退惡狗

「大的」問：「你怕血嗎？」我說不會。

第一次做手術助手是幫忙結紮，「教育訓練」後我沙盤推演流程：

將已麻醉的小動物固定在手術桌上、消毒部位、蓋上無菌布、拿好止血槍等著「大的」劃第一刀。

「大的」叮嚀：「你不要碰到我的（手術）布。」

站在手術桌旁，身體靠著桌緣。

「大的」停下要劃的第一刀，很不高興瞪我。他拿手術刀尖隔著桌子，指向我衣服和桌緣接觸的地方說：「你碰到我的布了。」我握著止血槍，搞不清狀況。

「什麼？」我說。

「你碰到我的布了，這樣就不是無菌了。」他又說。

「啊，噢。」我趕忙站好，不要靠在桌子邊（心裡咕噥：難道細菌會跑這麼快嗎？）

接下來的五分鐘都很順利。

要結紮的母狗肚子已經劃開，表皮、一些脂肪肥油、肌肉層，接著我見到裡面的器官。我的腦子沒事，可是胃裡一陣噁心。

不想說出來。

但撐不了兩分鐘。

我說：「我想吐。」

「大的」抬起頭來（這次是同情的），「你去，沒關係。」他說。

第一次因為手術吐，也是最後一次，只此一次就從此免疫了。

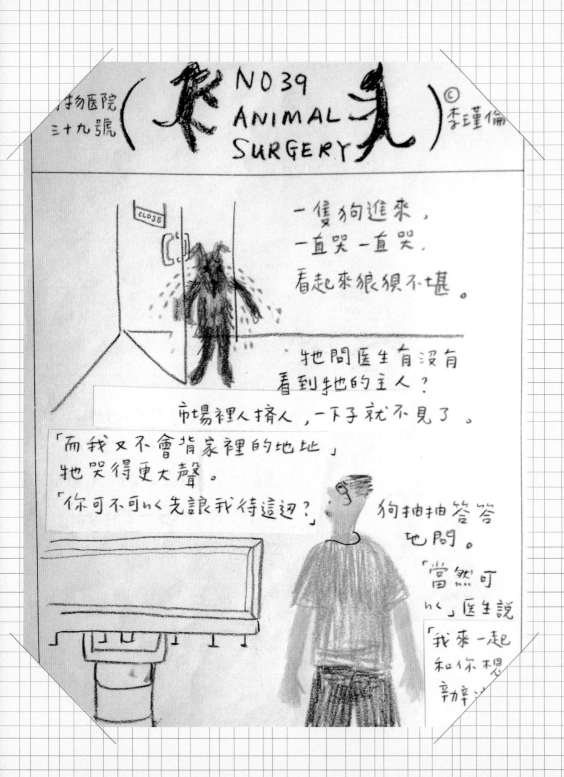

又有一次做截肢手術助手。前一天「大的」仔細和我說一遍可能發生的狀況，我最重要的工作就是層層肌肉切開當時，要迅速做好止血。手術開始前，我做了很多實況模擬。

狗做好麻醉，「大的」將要截肢的腿用手術巾仔細包紮，只留下刀的部位。

出血、止血、出血、止血我做得很好；有幾次刀子閃避大血管不及，血直噴出來，我也懂得立即閃避又回來補位，與手術桌保持適當距離繼續聽候命令止血，或做其他需要立即幫忙處理的事。

想像一隻狗的腿要在我眼前鋸下，我有點畏懼，但我告訴自己：「不敢看不要看就好。」於是我保持我的目光在止血點上，直到最後一關。這地方前一晚的教育訓練是：「最後你只要幫忙把腿握著。我會鋸開，你要拿好。」

我連這個動作都在心裡練習好。

我握著斷腿等著「大的」跟我說「好了」，就要趕快放下，清洗整理手術器械然後離開。

沒想到「大的」跟我說「好了」以後，又接著：「去拿個箱子，包在（斷）腿上的布拿起來，鋪一些報紙，腿放在裡面。」這一段的心情我沒練習到。

一隻塗滿消毒藥水沉甸甸溼溼毛毛的斷腿放進箱子裡，我強迫自己看了，想把「敢」這件事學起來。

狗狗後來醒過來，不哼不唉。

痛也不唉，這件事我永遠學不來。

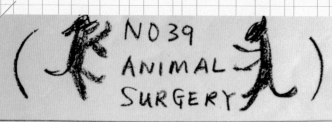

貓苗早上九點鐘
來敲門。
牠說牠想
看病。

「治咳嗽要多少
魚?」牠問醫生,
「一般是兩條」,
醫生說。
　貓苗先看病,
　魚以後再說。

在動物醫院裡，望著推門進來的入口，我想像著貓自己來敲門。

對於動物醫院的世界，以前自己只是站在門外觀看的人而已。真的踏進去以後，
才知道這地方需要經常倒吸一口氣，屏息鎮定。

一早下樓，開了動物醫院的門就是一箱小貓或是一隻狗。紙箱塞了破布，或是
寫著小紙條說：「麻煩了。」

五分鐘的過手愛心，開始讓我厭煩。究竟你以為什麼是有愛心？

面對驚慌失措的主人，我不讓自己面露驚慌；有誰傷心難過，我也不在面前掉
淚，鼻酸一定躲到樓梯後面先讓自己穩住情緒。動物籠子的底盤，一天當中糞
便或是尿要清很多次，有時難清的嘔吐物黏在籠子上，要一個一個拿出來清洗
擦拭。我不覺得髒，裡面的動物不能活動才是不舒服。小動物剛住院很多都緊
張，有些會凶、有些會怕，當然也有傻愣愣不管你做什麼都歡天喜地的。經過
籠子的時候，會看著牠們的眼睛說「嗨」。只希望給牠們一個安心訊號而已，
其他的我都辦不來。

家裡的冰箱還冰凍過一隻小狗。

事情是這樣：一個主人帶狗來治療，說等五天假期結束會來接。

狗第二天或第三天就過世了，「大的」一連打很多天電話都找不到主人。後來
他把小狗用報紙包起來，放在冰箱的冷凍庫裡。

我問：「為什麼不火化呢？」

他說：「因為有些主人會怪你沒有經過同意，就把動物火化。」

我說：「你可以說，因為找不到他啊。」

「再試打看看好了。很多人會用各種理由怪你，你想不到的。」他說。

小狗用報紙層層包裹，再套一個塑膠袋裝好，放在動物醫院三樓另一個少用的家用冰箱裡。幾個月後有天，親戚送來許多食物，家用冰箱擺不下，婆婆來我們這裡借冰箱。打開平常冰藥品的冷凍庫，看到有一個報紙包，婆婆拿出來層層打開一看，嚇了一大跳。她責備「大的」說：「冰箱裡怎麼拿來冰這個？」

「大的」說：「因為那個主人不見了，本來要留給他看的。」

狗終於火化安息了，找不到的人永遠找不到。

我陪他上過一次法院民事庭。

婦人的狗病重，「大的」警告她不樂觀。婦人要求治療，治療十二天後狀況變差，她開始質疑醫生的執照與學歷。她要求看開業證明與畢業證書：「我怎麼知道，你有沒有動手腳？」

然後，她帶狗轉院。

狗過世以後，她到法院一狀告所有治療過她狗狗的醫生，說狗最後受折磨都是這些醫生造成的，請求賠償醫療費、精神撫慰與這隻狗一輩子的養育費總共七十五萬。

上法院，婦人在庭上狂罵，「大的」心裡一股氣，決定奉陪到底。法官直截了當告訴「大的」：「賠錢並不表示你有錯，但你要清楚，如果你要繼續打官司下去，會耗很多時間和精神。」

最後法官判賠三萬五千元結案了事，「大的」至今還在生氣。

嗚嗚、嗚—嗚，喵嗚、嗚啊嗚啊。

狗哭的聲音每隻不一樣，貓也是。不管哪一隻，「講話」都有自己的語氣。我學著聽，想聽懂。

對面社區管理員深夜跑來找我：「你的貓又把花都弄壞了。」

我說弄壞了哪裡，我請人修復，重新植栽的費用我願意付。

「我們社區不缺錢，我們很有錢啊。本來這裡大家說很漂亮的，現在這樣怎麼可以？牠們再這樣，我就用水柱沖了。再不行，我叫人家來捉走。」

他說什麼，我都應好。除了說好，我不知道怎麼做到更好。

解釋貓有時佔地盤會打架、解釋這些貓都結紮了、解釋這些貓喜歡來這裡但是我也親近不了牠們。我都盡量解釋過了。

每天在巷弄間牽狗散步，被笑說可以競選里長。

是啊，如果我是里長，我很想做成一個愛護動物里：花很多時間和里民聊幫助街貓結紮和平相處，讓無家街狗有睡覺的地方；如果狗出現佔地盤或結成狗黨或追郵差等等惡劣行徑，我也想辦法調解。

可惜我不是里長，這也不是有足夠選票的政見。幸好我創作；用創作，講出來我想的；如果誰讀了也贊同，這個宇宙就可以改變肉眼看不見的微粒一小點。

一小點就好了。讓世界好起來，一點點，再一點點。

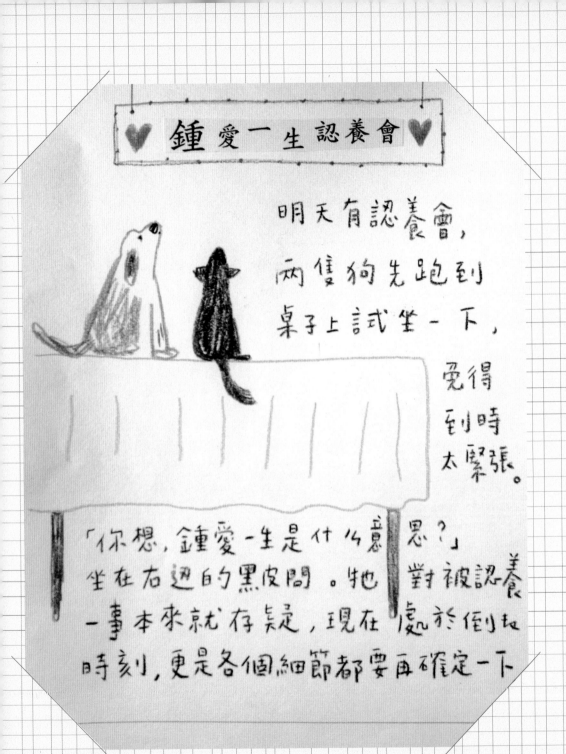

♥ 鍾愛一生認養會 ♥

明天有認養會，兩隻狗先跑到桌子上試坐一下，覺得到時太緊張。

「你想，鍾愛一生是什么意思？」坐在右边的黑皮問。牠對被認養一事本來就存疑，現在處於倒數時刻，更是各個細節都要再確定一下

那些在動物醫院樓上的時光，我最怕半夜急診，因為從來不知道來的是誰。

電話鈴大作的時候，我有時候會說：「不要接好了。」但是一直響一直響，「大的」會努力爬起來，在床邊用一秒恢復神智，接起電話。

我會躲在牆後的樓梯，聽是怎樣的狀況。萬一有危險或是「壞人」（我的「人的二分法」），我可以馬上求救。

如果動物拉肚子什麼的，那還好。

遇到半夜剖腹生產的，我知道接下來有一個半小時要奮戰。新生的動物寶寶很可愛，但我擔心活不了或是動物媽媽難產。

有一次，狗媽媽生下一隻小狗，主人一直說不可能，懷疑我們偷藏一隻。（我們藏來增加自己的麻煩嗎？）

我也怕半夜車禍骨折要照X光的狗（或貓），我怕的是半夜要進洗片室。我是唯一的洗片工，洗片室不能曝光，裡面一片漆黑，只有藥水桶上方的紅燈。

有一次洗片出來，「大的」把片子放上燈箱，他問我：「你曝光了嗎？」（沒有。）「還是你用舊片子？」（用過不能再用啊！）

客人在等，他當機立斷不看那張，換下一張另一個角度。

客人走了，他還在研究那張片子；片子上的後腿無法解釋的重疊「裝在」前腿的位子上了。對這張片子，我竟然不害怕。

下一次，半夜要進去洗片，我還是會去的。

生命在這個空間裡來去，相信我們是受保護的，如同當初我們想保護牠們一樣。

p81-97 插圖收錄於《動物醫院三十九號》李瑾倫圖文，大塊文化出版

黑熊好不容易忍到深夜
下山向醫生求救. 牠的孩
子的腳掌被獵人的陷阱
夾住了。 「醫生, 你要救救
我孩 ~~我的孩子需要~~ 最好
跑快一點」
熊說。

好緊好緊；

中午的太陽，

好大好大；

我的光頭，

好熱好熱。

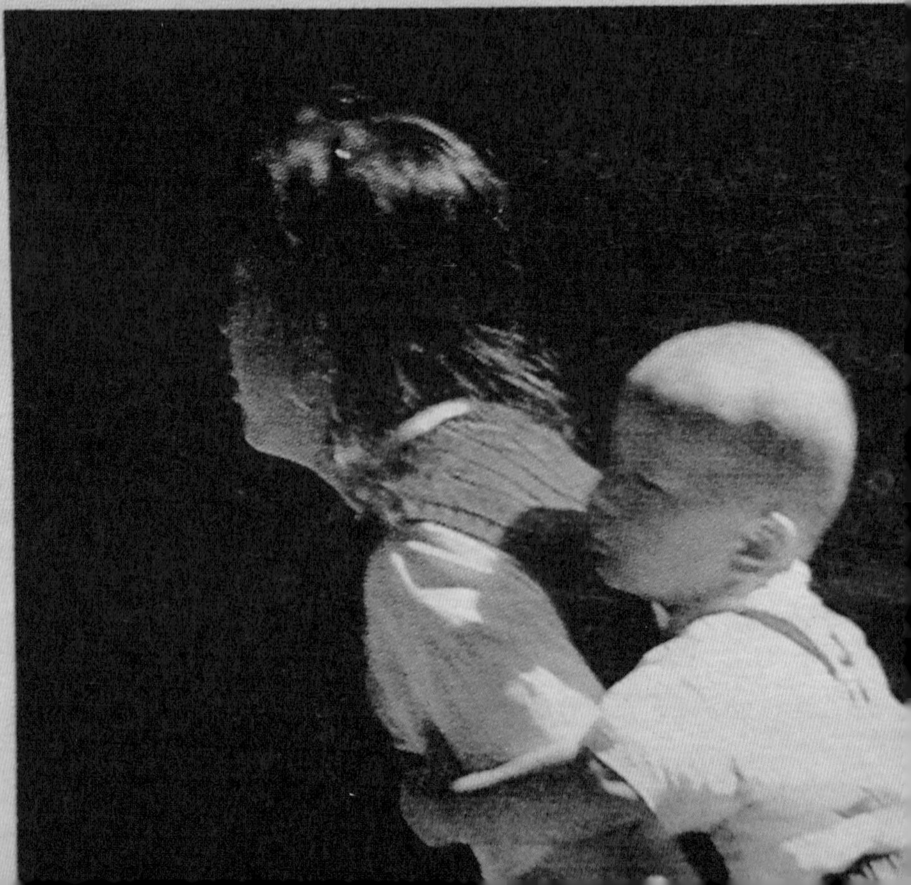

媽媽和我

媽媽走得

好快好快；

「我想學繪本。」

文・攝影／李瑾倫

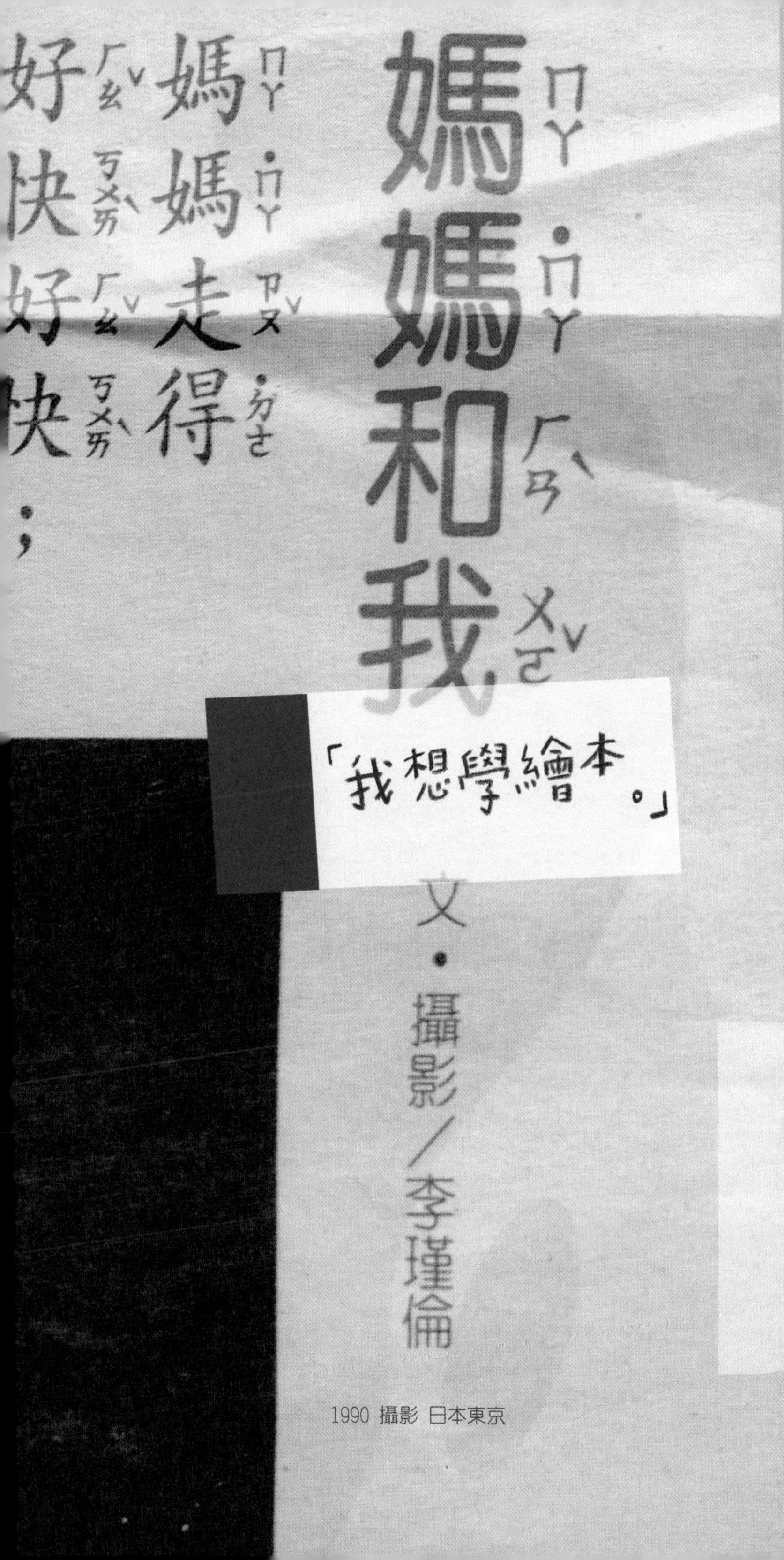

1990 攝影 日本東京

從小我就很愛講這句話：「我要畫故事書。」
大人聽了也是給鼓勵（但我想他們沒想到我是講真的）。

我喜歡寫短詩或是短句子，更喜歡念給媽媽聽。

媽媽是小學老師，很有耐心的那種。她也會打我們，但我們都不怕她，因為知道她轉眼就會變回溫柔。

知道說什麼話會刺傷媽媽，有一回大家做錯事惹媽媽生氣，媽媽要處罰我們的時候，我就說：「媽媽你偏心！」而且一直說一直說，媽媽就哭了。我嚇了一大跳，因為我不想讓媽媽哭。

每天到學校教課應該很累，因為她是認真耐心又溫柔的老師。我常常跟她一起放學回家；她的腳步很快，要趕快回家煮晚飯給我們吃。媽媽煮好菜，我們負責擺碗筷，她教我們要怎麼擺。等擺碗筷的時間，我喜歡站在廚房門口跟她講話，有時候拿著我寫的短詩念給她聽。

她會稱讚我：「瑾倫，你真的很會寫，你寫得好棒。」

我喜歡寫人家一眼讀不懂的東西，藏一點含義的（想脫離孩子的水準）。

我會問她：「媽，那你知道我在寫什麼嗎？」

媽媽會說，就是寫什麼什麼啊。

如果那不是我要的，我就會再問媽媽（我的讀者）：「那（關於什麼什麼）你沒讀出來嗎？」

如果到最後媽媽還是不懂，我會仔細又清楚的解釋，其實我要講的是什麼。

報紙專欄「心的聲音」
當時橫排字體由右至左。

1995 剪報 原圖用不透明水彩

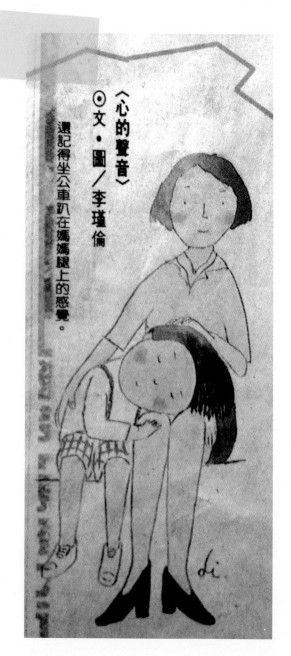

〈心的聲音〉
◉文・圖／李瑾倫

還記得坐公車趴在媽媽腿上的感覺。

我很小心的解釋，我擔心「我的讀者」會尷尬，而且用最簡潔的句子把隱藏的意義講清楚。

媽媽會說（我認為是稱讚）：「瑾倫，你真的很會想。」

為了證明媽媽說得沒錯（真的很會想），我努力往下個想法游去。

中學時代，很多時間我沒好好念書，腦中常常不受控制想很多課本外的事，想東想西似乎是一種無法克制的癮。

下課後我愛找同學講很多關於現在、關於未來、關於我遇到的小故事。我喜歡大家來聽，聽得懂也會笑出來，這感覺讓我心裡充實飽滿，勝過考試考滿分。

或許這只是讀中學的一種逃避，畢竟念書考滿分需要的專心和辛苦，與我想件好笑的事講給同學聽的成就感遠遠不同。

高中我開始翹課，半蹲溜出教室門，為了去外面樓梯吹風「想事情」。

花五分鐘念書五小時「想事情」的模式一路陪我到專科畢業，到報社實習，天花亂墜報告編輯我可以做、想做的報導專題，但是時間拖啊拖，答應交出來的東西很少。

那位編輯對我很好，離開報社的時候，她語重心長跟我說：「瑾倫，如果你以後都這樣（不守信不守時），不會成功的。」

每天飛過耳旁的話幾百句，但她這句卻打中我，我記下來了。

我沒有因此守信或守時，但我把這句話帶在身邊。她說的話好像我做了錯事，媽媽語重心長說：「瑾倫，媽媽好失望。」讓我一樣難過。

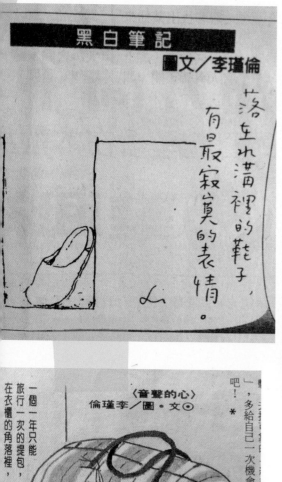

黑白筆記

圖文／李瑾倫

落在沙裡滿裡的鞋子，
有最寂寞的表情。

〈音響的心〉
李瑾倫／圖‧文⊙

一個一年只能
旅行一次的提包，
在衣櫃的角落裡，

吧！

一，多給自己一次機會

＊

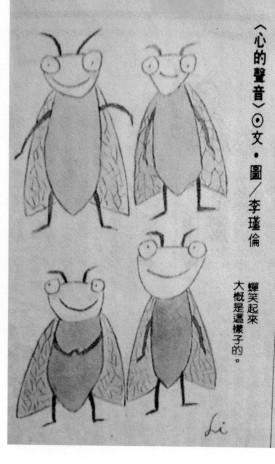

〈心的聲音〉⊙文‧圖／李瑾倫

蟬笑起來
大概是這樣子的。

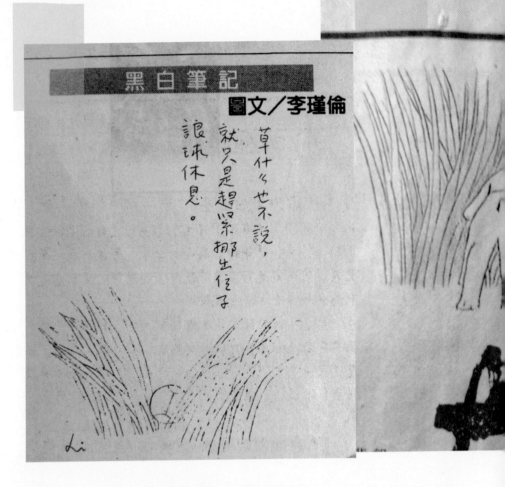

草什么也不說，
就只是趕緊那些佳子
說沫休息。

黑白筆記

圖文／李瑾倫

換了報社，又工作了一年八個月，拎著我累積的創作到日本。跟爸媽是說想學日文，但心裡其實想去尋找繪本夢。我在語言學校跟老師說：「老師，你知道去哪裡我可以學繪本嗎？」

老師是日本人，但是有個外國姓叫貝克（Beck）。她留日本娃娃的髮型，上課有人講話，她立即丟粉筆過去。

她問我：「學繪本的意思是？」

〈音聲的心〉
倫瑾李／文‧圖⊙

也許你沒做過這樣的事。
但也許你可以試試。
試試抱起你的狗，
帶牠到窗邊看窗外的風景。
牠會很高興。
因為牠終於知道，平常，
當你工作告一段落之後，
從你眼裡望出去的四方口，
原來就是這麼回事。

偷窺者後面
還有偷窺者。

〈心的聲音〉◎圖・文／李瑾倫

小鬼和小孩同時被留在家裡看家，都看不見對方，却都怕得要命。

*

我很有限的日文解釋，想學怎麼畫繪本。

「你畫圖嗎？」她問我。

我點頭說明，我在台灣報社工作的時候畫了很多圖，而且我一直就在畫圖。

「你圖有帶來嗎？」她問。帶圖來給我看看吧，我才知道你畫的是什麼圖，才知道要幫你找怎樣的學校。老師說她自己也畫圖欸，她也會帶她的圖給我看。

第二天我把身邊所有的圖都帶到學校。

老師看了，一直拍我肩膀說畫得好好。我對自己很沒信心，覺得她是安慰我。

「你可以直接找出版社了。」她說。

「可是我沒真正學過。」我說。

《黑白筆記》
圖‧文／李瑾倫

沒想到，第二天開始，老師竟然來真的，替我打電話找出版社了。

第一句就回絕的出版社馬上就被打入「沒眼光」的名單。

我從來不覺得，可以這麼容易畫繪本的，應該先經過什麼訓練過程才是啊，我想。

很快的，有一天貝克老師興奮得眼睛咕溜轉動，在學校拉著我說：「你知道昨天發生什麼事嗎？我遇到一位老太太。」

原來貝克老師除了語言學校，也到外商公司教外國人日文。一棟她昨天經過的辦公大樓底下有一間小畫廊，畫廊外有位老太太在貼下一檔海報，她一心一意替我找機會，湊過去好奇問：「請問怎樣才能在你這個畫廊辦展覽？」老太太微笑說：「只要我覺得可以，就可以。」

老太太是個詩人，在這租金昂貴的大廈一樓有一間小畫廊，借給人展覽不收費，因為她想「鼓勵有才華沒機會的人」。

「你去你去，你一定要去。我帶你去。」貝克老師說。
我遲疑，覺得還沒準備好。
「帶作品去給她看，沒問題的話就可以在那裡展出。我們可以發邀請函給出版社，就會有更多人看到你的作品，說不定就有機會了。」
沒先去學做繪本，我很猶豫。

我心裡出現一個畫面，機會像氣球在我眼前飄浮，抓住它或是不要。
我決定先試試這個「也許是浮球」的機會。
「不成也不會少掉什麼。」我跟自己說。

我和老師坐在只有七、八坪的小畫廊裡。
畫廊女主人端著作品細細看著。看完了，她起身到隔壁辦公室，回來手裡多了一份月曆。她把月曆放在前方小茶几上，拿著筆抬頭跟我還有貝克老師說：
「這些檔期有空，你要哪一段時間呢？」

貝克老師始終很有信心笑容滿面，她用手肘推推我，一種「你看，我就說吧」的表情。靜悄悄的幾秒，她們在等我的答案。
我說：「好。」

〈現代啓示錄〉◎劉

《心的聲音》◎圖‧文／李瑾倫

發呆的時候，時間停了，耳朵聾了，眼睛也看不見了。

一個月＋金門旅遊書籍一本

讓我自己學琴

我有兩個孩子，基於公平原則，我希望對待他們一視同仁。

哥哥小學二年級開始，我徵詢他自己的意願，帶他去學小提琴，每星期雖不過短短三十分鐘，但是除了特殊原因，請假順延外，都不曾中斷，直到小學六年級為止。為了他的學琴，我付出的時間、精力不是半小時學費所能比的。這五年中，我威迫利誘，就是不准許他中止學習，理由是「當初是他自己的選擇，不

有那樣的環境，也沒有經濟能力去學，現在他多麼幸福，媽媽有能力也願意讓他去學，但是他說：「我不要，到時候你一定會罵我！」說的也是，哥哥以前學習不認真，不肯練琴，常常被我罵，甚至還挨打呢！我按捺著性子，好言相勸，希望他去學，他都不為所動，反而跟我說：「媽媽！你不是說以前你沒有機會，沒有能力去

見在家裡有現成的琴，你為

是男子漢嗎？

這是一個挑戰，我一定要做到，要做最好。我跟自己說。

好強的個性從幼稚園開始，就沒改變過了。

晚上打電話回台灣跟爸爸講。

媽媽後來跟我說：「爸爸說瑾倫就是很憨膽（台語）。」

試一試沒什麼不好，試一試就是可以學到很多東西這樣而已。我又跟自己說。

這次我守時，也守信。

「瑾倫，媽媽真的沒想到你這麼厲害。」媽媽到現在還對我這樣說（以做媽媽的立場鼓勵）：「你小時候是那麼反應慢。」

我應該不是反應慢，「小時候」我應該是專心想著我的短詩吧。

畫展如期順利舉行，為畫展畫了十七張圖，賣了十四張，痛到現在再也不要賣畫。

《心的聲音》◎文‧圖／李瑾倫

沒人認為黃色的耶誕老公公，會是真的耶誕老公公。

所以沒人理他，賣魚也沒有折扣。

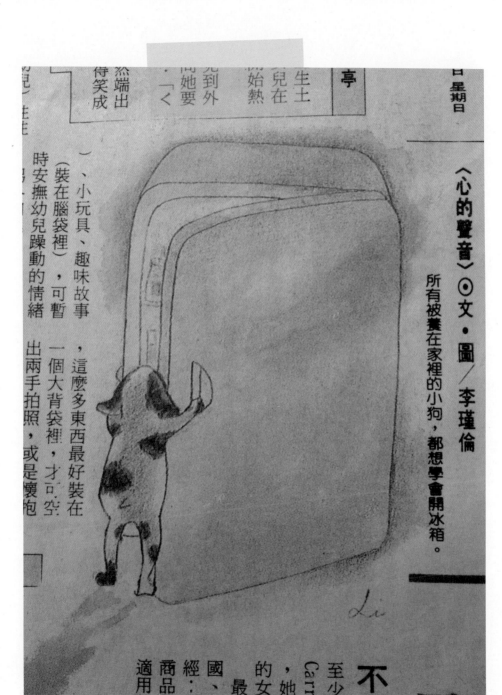

〈心的聲音〉⊙文‧圖／李瑾倫

所有被養在家裡的小狗，都想學會開冰箱。

おきゃうさんに、
しばらく、一つ買いました
坊さんは、それから、
とりまいて見ていた人々にむかって、
とりまいて見ていた人々にむかって、いました。

to 李瑾倫さま
的合作注意事項

李瑾倫童画展

'90. 9月3日㈪〜14日㈎
11：00AM〜6：00PM
（日旺休館）

アトリエ 夢人館

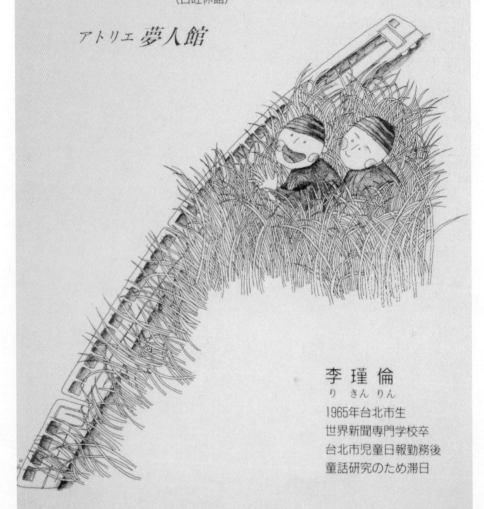

李 瑾 倫
り きん りん
1965年台北市生
世界新聞専門学校卒
台北市児童日報勤務後
童話研究のため滞日

整理東西的時候，重讀了一封 1991 年的信。
寫信的水橋先生，你現在還會在橫濱住宅二樓陽台，放橘子讓鳥啄食嗎？

認識水橋先生，是他快從學研出版社海外童書編輯部退休那時。
他是集英社的大西先生介紹我認識的、朋友口中資深的繪本編輯、兒童詩人。

二十年後的今天，我連他的臉也記不清楚了。只記得當初見面的場景，在東京青山的小咖啡店。那是 1990 年春天，我再一個星期就要回台灣。

倒是銘記著大西先生的樣子：襯衫長褲皮鞋背著一個書包，微微髮禿眼神平靜鎮定，似乎永遠微笑。

我們約在自由之丘的車站碰面，我抱著帶來的全部圖稿。大西先來，水橋後到，碰面拍肩膀是很熟的朋友，走路很快。

到小咖啡館，坐下沒多久他立即翻畫來看。一張一張仔細地端詳。一張一張像自言自語也像對我說一般，手指著圖的細部說，啊這不錯這不錯哈哈這表情很有趣嗯嗯哈嗯。

「可以可以，接工作沒問題的。」翻看完圖畫，他看看我，也對大西先生說。
似乎是個肯定。

「你想畫月刊還是周刊幼兒誌呢？書也可以，不過畫雜誌有固定收入。」
他隨即說明了一般出版社稿費標準。
「可是，沒幾天我就要回台灣了。」我說。
「我是想，如果有機會，讓瑾倫能在台灣接畫繪本的工作。」大西先生幫我說。
「這樣啊。」水橋先生陷入沉思，好像在幫我想辦法。

隨即水橋說，有個「世界兒童繪本系列」蠻適合我。這是種廣邀各國插畫家、
創作者繪製的月刊式繪本，為了增加日本孩童的國際視野。他說會替我聯繫現
任總編輯，但他自己馬上要退休了，沒辦法保證一定有畫圖的工作，但是他很
樂觀的叫我加油。
我點點頭說好。
咖啡沒喝多久，看完圖又閒聊些話，留給水橋先生我在台灣的聯絡方式，就說
再見了。

我不認為這是個承諾，但我想有機會就去，讓自己多見見世面很好。
回到台灣。很快的，水橋先生如他的承諾，寄來了一封信。

為了夢人館畫展。挑了故事畫了十七張
圖：一個大王、小鬼與玫瑰花的故事。
原稿剩三件沒賣出去：一幅破碗、一幅龍
和右邊這幅非賣品。

1990 水彩、色鉛筆

日本で　あなたが仕事をするためには,
條件があります。

1). あなたの絵の見本が必要です。
（私は見ましたが, 他の編集者に伝えること
は不可能です。）
ですから, 見本（コピーでもよい）を送って
ください。

2). 編集者は のんびりと, ゆっくりと, 仕事を
しているわけではありません。
ですから, 台湾と日本の間で, やりとり
してもよいような性質のもので なければ
なりません。

それには, 1冊の絵本として, 出せるものなら
可能性があります。
それは, 学研には ワールド絵本 という
シリーズがあり, 世界各國の画家が
描いているものです。

3) このワールド絵本なら, 可能性があります。
そのためには,
台湾での、しかも世界に共通する内容を
もった Story（物語）を, 用意する
ことが必要です。

字跡清晰整齊，簡單列出一些與日本合作做書的應注意事項：

　　1. 要作品（影印也可以）（因為其他人也要看，作品很難轉述。）
　　2. 雙方時間與距離考量，先出一冊學研的「世界兒童繪本系列」是可行的
（這系列邀請各國畫家來畫）。
　　3. 繪本的故事要有普世共通性。
　　4. 將故事畫成十三張跨頁草圖，最好做一個暫時的封面，尺寸大小沒關係。
另外需要一張彩色完成稿。
　　以上配合沒問題，我們會再通知你正確的尺寸並商議完成與出版時間。

他的承諾是真的。

在還沒 email 的年代，這是個遠距做書的起點。
我創作繪本的經驗是零。

水橋先生的信前腳來，秋山先生的信後腳跟進。信中詳述開放給創作者的「世
界繪本系列」的宗旨和創作方向：讓日本小孩領會外國文化。創作者有好故事
也歡迎。

為了讓合作有流暢的開始，買了一台傳真機。把房間整理好，開始天天想「如
何做出很有國際觀與不得了」的作品。

這本當初的分鏡圖冊，留著到現在已經泛黃，紙也脆弱。

久久一次整理東西才會拿出來看。

想以前對未來未知的心情。
想一心求好的心情。
想這些現在沒聯絡的「好人」。
（世上的人我只有二分法。）

要是我再回頭做一次，這書會是怎樣的面貌，與如何的進行。

生命的路徑上一直都在抉擇。
永遠不知道走下去，是花園美景還是荒山野外。

配備要拿好，信心要抓著。

原稿影印套色
1991 鉛筆

在「什麼都想不出來」的日子中，秋山先生又寫來一封信，並附一個故事，問：

在創作自己的故事前，我是否有興趣先畫一個中國民間故事？是《聊齋誌異》裡的〈種梨〉，故事改編好了。

讀故事，大意是：一個破衣破褲外鄉來的道士，到市集向一個賣梨人討梨，賣梨人很生氣的罵他！
（討梨不是很好的行為。）

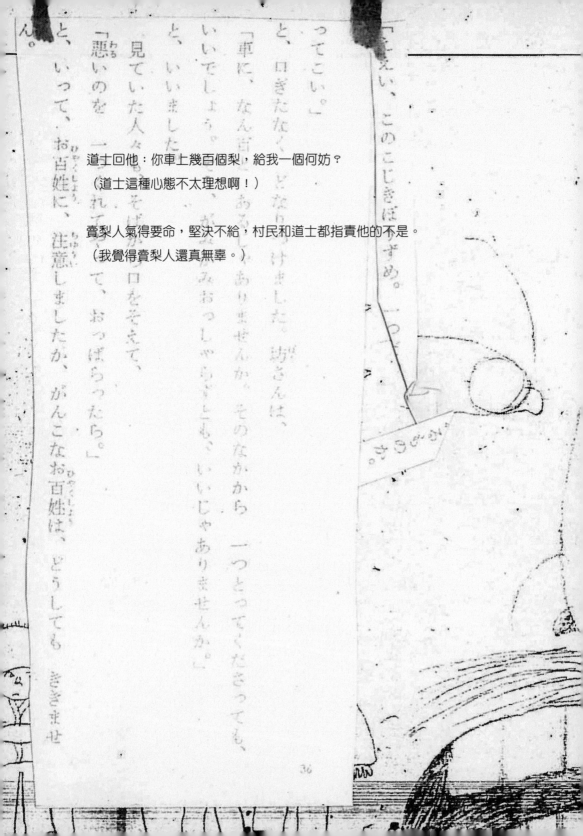

道士回他：你車上幾百個梨，給我一個何妨？
（道士這種心態不太理想啊！）

賣梨人氣得要命，堅決不給，村民和道士都指責他的不是。
（我覺得賣梨人還真無辜。）

「ええ、このこじきばずめ。一つ

ってこい。」

と、口ぎたなく、どなりつけました。坊さんは、

「車に、なん百も あるじゃありませんか。そのなかから 一つとってくださっても、いいでしょう。」

と、いいました。

みおっしゃりよ」も、いいじゃありませんか。

見ていた人々......口をそえて、

「悪いのを一つぐれて、おっぱらったら。」

と、いって、お百姓に、注意しましたが、がんこなお百姓は、どうしても きゝませ

ん。

36

後來有村民自掏腰包買一個梨給道士。（是我，一定不好意思拿。）
道士謝了又謝。

道士吃了梨，吃完跟大家講：

「其實我有梨子要送給各位，只是先要有這梨子裡的種子才行。」

大家都很驚訝。

（唉！用這種方式拿種子……）

「わたしは 世すてた防ずです。なに 一つほしくもない れば、おしいとも思わ ない、人間です。 一つは、わたしは、とて もういなし もっています。それを みなさんに でしょう。」

そこで人々が、
「自分でもっているなら、それを食べた
らいいじゃないか。なにも、人のもの
をねだらなくとも、よさそうなものだ。」
と、いいますと、坊さんは、
「じつは、この種がいるのです。」
と、いいました。そして、そのなしを、
むしゃむしゃ食べてしまいました。それ

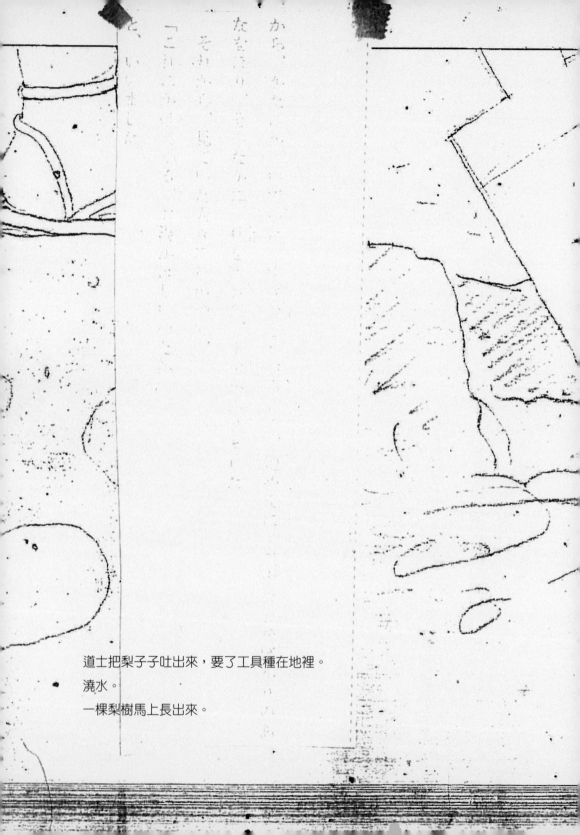

道士把梨子子吐出來，要了工具種在地裡。

澆水。

一棵梨樹馬上長出來。

樹開花還長出梨子。

道士把梨摘下來，
大方分送給目瞪口呆的村民吃。

たちまち実に
坊さんは、それを
りました。
たちまちのうらに、一つのこらず
一つ一つも

等大家吃完，
道士砍下一截樹幹，扛在肩上走了。

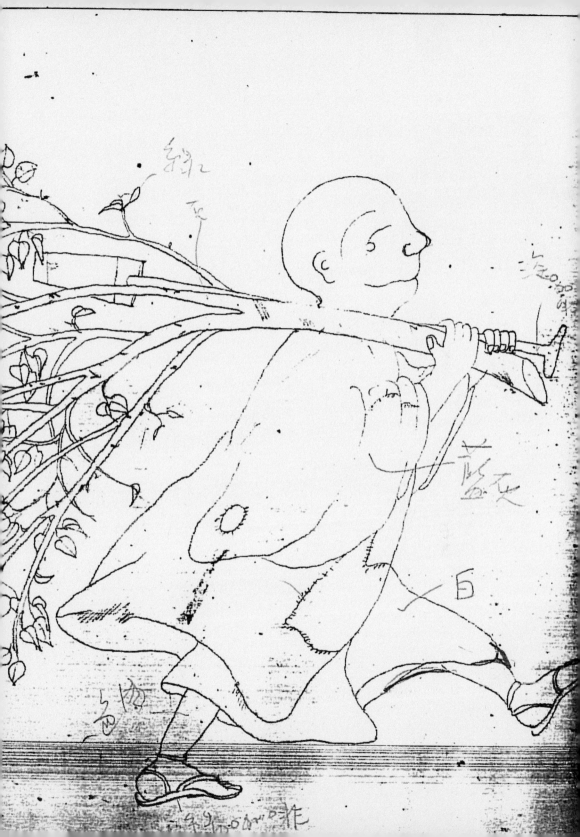

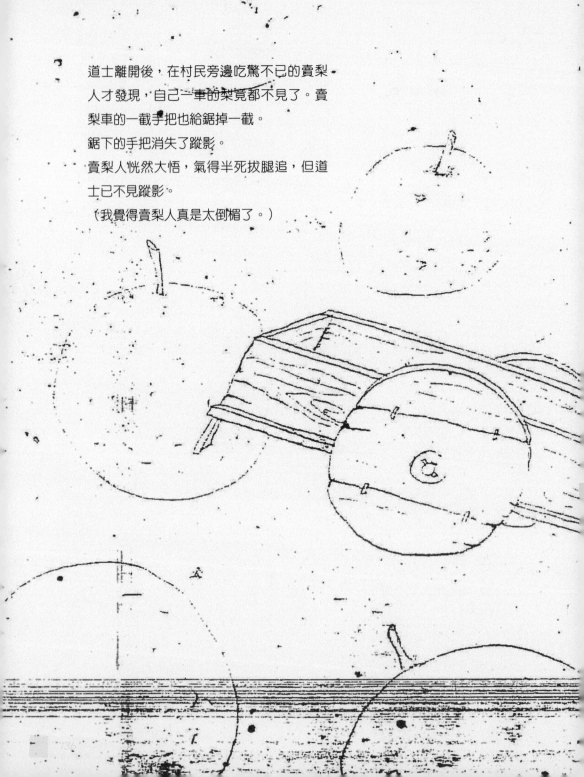

道士離開後，在村民旁邊吃驚不已的賣梨
人才發現，自己一車的梨竟都不見了。賣
梨車的一截手把也給鋸掉一截。
鋸下的手把消失了蹤影。
賣梨人恍然大悟，氣得半死拔腿追，但道
士已不見蹤影。
（我覺得賣梨人真是太倒楣了。）

村民在賣梨人氣急敗壞的身影後哈哈大笑。
（唉，怎麼可以教小孩這樣幸災樂禍呢？）

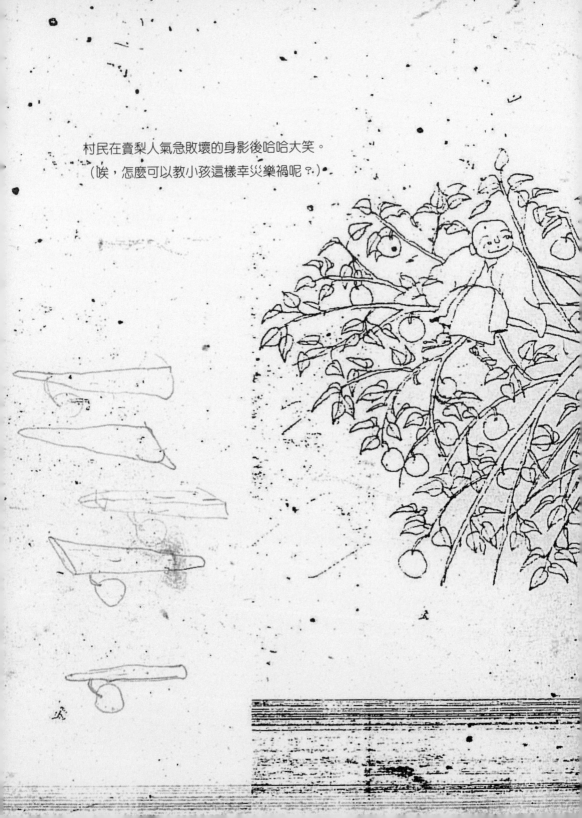

我接下這工作。

想一次把所有最好的都用上。
從寫實跨進虛幻，抽象表現「道士真的很需要這顆梨」，再用特寫讓讀者清楚
看到種子，分鏡法讓讀者一起經歷「樹瞬間長大」。

草圖用航空寄過去，十分自信的等了兩個禮拜（應該會一鳴驚人吧）。
我和傳真機一直準備好要接收……
有一天，傳真機真的收到秋山先生的回信了，密密麻麻超過十頁的意見，我像
賣梨人一樣目瞪口呆。

所有一下大、一下小的俯角仰角電影分鏡全被取消，秋山先生在信上強調「兒
童經驗」：兒童沒那麼多人生經驗，不能理解複雜的畫面變化，讀起來會困惑。
他希望我再修改：看看可不可以讓故事更流暢一點。
我改了。
改得很少，因為不服氣也捨不得「很有智慧的設計」。
又被打回票。
兩星期後，秋山先生再度傳真說明「讓兒童理解和舒服閱讀」的概念。
進度停在原地，覺得沒力氣。
到底要怎麼畫呢？平鋪直敘將情節畫出來也可以，但就看不出特別了。
離截稿日越來越近，傳真來催促，口氣也開始急。
我寫信給水橋先生，以為「水橋沒看過我的草圖，他看過就好了」。
兩星期後，我竟然陸續收到大西先生和水橋先生的信。

大西先生信上說：

要你在一堆限制中，甚至跳脫你原先個性來畫這些圖，是很辛苦的。但是，加·油！第一件工作的成果會是你下件工作的「名片」。平常我很少對剛開始的新手講這樣的話，但我對你有充分信心，相信你會用實際成績來回應我。加油！做很棒的工作。我在日本支持你！

水橋先生則說：

瑾倫小姐，東京從九月就雨下得很多，幾乎沒有晴日，比去年同時期是三倍多的雨。但昨天開始放晴，今天最低溫十度，最高則為十七度，早晚冷，需要穿大衣了。

從秋山編輯長那裡，看過你寄來的十四張草圖和兩張彩色圖，請你參考秋山先生的建議去做。

對彩色圖，我有一些建議。你完成的這兩張，顏色看起來很怯懦。我想，可能是你大量使用粉質顏料的關係。如果選用較有厚度的顏色與畫材，應該可以避開這個問題。

你在畫上使用色鉛筆的方式，會不會太過神經質了？請你用力、不客氣的揮灑顏色看看。有厚度的彩色自然有力量，不要太刻意，就是大膽的塗。請你試試，請放輕鬆的畫。

注意畫面大方向的表達，不要拘泥細節（避開瑣碎神經質的描繪），力量就會自然而然的顯現出來了。

大約就是這些，慢慢的畫、放鬆的畫。

加油。

沒有救兵，我乖乖的遵照了。

秋山先生希望的：畫面正常、不要有隱喻、不要暗藏玄機、不要切換視角、人不要從頭到尾都閉嘴巴。因為「人除了微笑閉嘴，還有很多其他表情」。

主角都站在清楚主要的位置，動作清楚讓小孩看到，也了解他們在做什麼。

大小的嘴巴請再笑開一點。

年輕的我沒辦法和他們站在同樣位置想清楚這些建議。

委屈的把書畫完，沒再和秋山先生聯絡。第二年，去義大利波隆那書展，忽然想起學研，想看看「我合作的出版社是什麼樣子」，看看「我的書有沒有在這裡」。那天站攤位的人竟然就是秋山先生，很不好意思的打了招呼，似乎委屈的心情好多了。

重新回顧這些生命的跡線，覺得出版社有好編輯，是創作人的福氣。

做書細細碎碎要顧到的細節好多。理解了跟出版社好像跟老師，現在跟了這個，學的是這種，下次跟別的老師，學另一種。學不好可以轉學。

時光倒流，我會願意平心靜氣好好跟他們走一段的。

前幾年的十月，很戲劇性的，我突然收到一封學研國外部寄來的信。

信上很客氣的先謝謝我「長期對 World Picture Book 的支持」（時間真的太久了，我的原圖還沒拿回來，合約到期年限是「任何一方要解約的那年」）。信上說，這個系列從 1972 年開始到 2007 年，已經進入第三十五個年頭（日本人真是非常有恆心啊）。

寫信的久保寺小姐說：事出意外，他們近期「內部整理」的時候，突然發現（希望得到我的原諒），有一筆賣出外國語（韓文）版權的版稅，一直沒有付給我。信上印了一個數字，我數著尾數的零。

我數學很差的。

個十百萬十萬百萬？個十百千萬十萬百萬？個十百千萬十萬百萬？……

一百三十一萬九千零八十九？

再對一遍：一百．三十一萬．九千．零．八十九。

信沒讀完，趕快用線上幣值換算，日幣轉台幣，三十萬六千零八十五元！

信上繼續說，因為負責國外版權的人幾年前突然過世（我認識的人嗎？），導致版稅處理的嚴重失誤。他們知道不應該發生，為這件事所造成我的不便和困惑，致上深深的歉意。他們保證，日後會加強內部管理，讓這樣的事絕對不會再發生。

（好，謝謝，那我們再來合作吧。）

「為了盡快將這筆錢交給您」，久保寺小姐最後非常仔細的解釋了付費方式，還有我需要準備的資料和國際快遞帳號。

《賣梨人與不可思議的旅人》（なしうりとふしぎなたびびと）　首頁局部
李瑾倫圖　日本學習研究社出版

我們都是
世界上
最好的那個

LEE 1994

這是我頭一次畫「認識的」狗，
是我的第一隻小狗叫做 GIBI，日
文「小不點」的意思。畫天使來
陪牠，因為那年牠車禍過世了。

1995 不透明水彩、色鉛筆

對於不能重來的事情，
我們只有努力往前走。

朋友告訴我，他不記得他媽媽清楚
的五官，我好驚訝。後來我發現，
自己媽媽的，我也是記不清楚。後
來，看東西的時候，我都努力要記
下來。

圖畫裡，喜歡藏東西。
這張，「認識的狗」多藏一隻，是 Paw。

還藏了胖臉兒、
《23》（《驚喜》）裡的巨人
和吃了奇異果種子的侄子。

1995 不透明水彩、色鉛筆

畫「認識的」布偶。
想：為什麼都是開心的。

把它鉤上的布偶，
怕掙到別人，
不敢放要自己的表情。

'93 LEE

每樣東西都畫得尖細，這張圖練習用
不同 H 及 B 的鉛筆。

從來不確定要簽下怎樣的署名，應該
和很不確定自己（未來）有關。

畫立體的物件對我總是很困難。我的
視覺似乎習慣把立體轉成平面。
用了很多時間，終於了解，這才是形
成風格的關鍵點：每個人眼睛裡看出
去的樣貌，是他的風格。
風格會改變，人應該也會，我想。
定在原處，很難。

腳踏車的鏡子，把天空剪下來一塊。

1995/10/16 李瑾倫

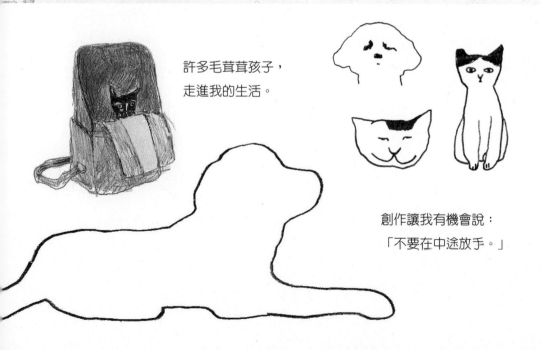

許多毛茸茸孩子，
走進我的生活。

創作讓我有機會說：
「不要在中途放手。」

媽媽整理出來我留在台北的一個檔案夾，寄來給我。

裡面有一張阿公寫給我的獎狀。我完全想不起來。

查瑾倫方九歲投稿文藝月刊雜誌

當選受獎殊感榮譽

特此嘉許留念

此狀

民國六十四年元月二十六日

祖父 李禎祥

孫女 瑾倫收執

有一天，再遇見他的時候，

我一定要再說一次：「阿公，謝謝你。」

寫在最後

有人問我喜歡的書、喜歡的作家和有關創作的等等事情。
的確，我心中有特別珍愛的幾本書、幾個創作人。

第一名愛書絕對是約翰‧柏林罕（John Burninham）的《遲到大王》。
柏林罕筆下多是對生命感情的關懷和憐憫：《遲到大王》講有個小孩上學，因
為「路上碰到許多險阻」，他天天都遲到。那些「險阻」是大人眼睛看不到的：
搶書包的鱷魚、咬褲子的獅子和突如其來的巨浪。小孩被罰寫「我不可以說鱷
魚的謊，也不可以把手套弄丟」。最後老師被毛茸茸的大猩猩抓到天花板上，
叫小孩救他，小孩說：「老師，這附近哪裡會有毛茸茸的大猩猩！」（原來也
有小孩看不見的東西啊！）
柏林罕給主角一個長名字：約翰派克羅門麥肯席。我字字清楚念完這個小孩名
字的時候，我知道，柏林罕要傳達的是對「所有這年齡的小個子」的尊重。
因為《遲到大王》，我買了柏林罕另一本書 Simp：一隻「黑色短尾、大部分人
都不會喜歡」的小狗的故事。Simp 被主人載到垃圾場遺棄，小狗四處流浪差點
被關進狗監獄。最後在馬戲團，遇到一個快被解雇的小丑收留了牠。
Simp 幫了小丑，因為一場高超的小狗跳火圈表演（Simp 有一雙為愛無悔的眼
神），小丑沒有被解雇；從此他們是生命相依的一對。
相扶持的真愛，讓我感動。

認識大衛‧麥基（David McKee），因為他的 Two Monsters：
一藍一紅兩個妖怪分住在山頭的兩邊，互不相見。有天一個不愉快隔山丟石頭

起來，打到原本阻隔的山變平地了。這天他們各拿一塊石頭，突然看見對方。眼睛對眼睛，有點不好意思。沒有山頭阻隔的兩個妖怪，最後害羞的和好了坐在一起。一本友情的書。

麥基善於描繪貪婪、心機、心結種種情緒，想不到作家的靈感多來自童年最純真的觀察與體驗。

威廉·史塔克（William Steig）有一本《派弟是個大披薩》：下雨天，無處可去的小男孩派弟躺在沙發上，爸爸把他抱起來，帶到餐桌上一起「做披薩」。派弟是乖乖的大麵團，爸爸是揉麵手。左推右揉東拉西甩，倒點沙拉油、撒點胡椒、切些番茄擺一擺。雨天下午，「愛的披薩」由爸爸環抱著。最簡單的線條，最深的親情。

1940年問世的 *Pat the Bunny*，可以聞可以摸。一開頭說：「Judy 可以摸摸兔子。」畫面上，兔子圖案底下襯著柔軟仿毛的布料，旁邊文字是：「現在，你也可以摸摸兔子。」於是我（讀者）「摸」了兔子。

「摸到兔子 Bunny」對我是個難忘的奇妙感覺，提醒我：「也許還有很多感覺，我們都忘記了。」提醒我：「有機會，我們都想再回味感覺這件事。」

是這些書給我一個「肯定」：讓我知道，我喜愛的是這些方向。讓我知道，我要表達的是美好的情感。讓我知道，藉由創作，可以這般傳達心中的思考和盼望。

幸運來臨以前，我們一定要先準備好。

然後，畫圖，畫到世界末日那天。

LOCUS

國家圖書館出版品預行編目 (CIP) 資料

那些胖臉兒教我的事:李瑾倫創作事件簿 / 李瑾倫著 .
— 初版 . — 臺北市 : 大塊文化 , 2012.04
　　面 ;　　公分 . — (catch ; 185)
ISBN 978-986-213-329-3(平裝)

855　　　　　　　　　　101003917

LOCUS

LOCUS

LOCUS